ふしぎ

〈霊験〉時代小説傑作選

西條奈加／泉ゆたか／廣嶋玲子
宮本紀子／宮部みゆき
細谷正充 編

PHP
文芸文庫

○本表紙デザイン＋ロゴ＝川上成夫

ふしぎ〈霊験〉時代小説傑作選　目次

睦月童（むつきわらし）

西條奈加

元旦――。

日本橋の国見屋は、奇妙な客を迎えた。

国見屋は下酒問屋で、日本橋新川に店と蔵をもつ。上方から仕入れた上質な酒を卸すのが下酒問屋であり、この界隈には同業者も多く、俗に新川問屋と呼ばれていた。

元日の朝は座敷に奉公人が集められ、主人から新年の挨拶をたまわる。それから屠蘇や料理に舌鼓を打つのが毎年のならいであったが、今年はいささかようすが違った。

主人の平右衛門と内儀のお久は顔をそろえているが、跡取り息子の央介がいない。だが使用人たちも、これには心当たりがあった。

央介は今日、十七になった。この年頃にはよくある話だが、悪い遊びを覚えたのは一年ほど前からだ。得体の知れない遊び仲間とつるんでは、盛り場などに出入りして、家に戻らぬ日もめずらしくはなくなった。おそらくいまごろは、どこぞの茶屋で夜明かしのあげく、朝寝を決め込んでいるのだろう。

不肖の倅については察しがつく。だが、央介のいるはずの場所に、ちんまりと座る子供の姿には誰もが面食らった。

七つくらいに見える、女の子だった。ひどくやせている上に、どうにも垢抜けない。色だけは一度も日に当たっていないかのように生っ白いが、着せられている正月用の赤い晴れ着はぶかぶかで、いっそう貧相に映る。

「こちらのお方は、イオさまと申してな、国見屋の大事な客人と心得てもらいましょう」

主人のもったいぶった口ぶりが、目の前の子供にどうにもそぐわない。おかしなことはもうひとつある。十一月下旬から昨日まで、平右衛門は店をあけていた。戻ったのは昨夜遅く、そろそろ除夜の鐘が鳴ろうかという刻限で、この女の子を伴っていた。一年でもっとも忙しいこの時期に、主がひと月以上も留守にするなど初めてだ。

いったい何者なのだろうと、好奇に満ちた無遠慮な視線が、赤い着物に集まった。と、まるで察したかのように、それまでおとなしく畳に目を落としていた子供が、ぱっと顔を上げた。

「おら、イオだ。これから厄介になるだ」

田舎者丸出しの口ぶりに、女中たちは慌てて下を向いて噛みころしたが、後ろにならぶ小僧たちからは、あからさまな失笑がもれた。ごほんごほんと主人が咳をして、一同がまた水を打ったように静かになる。

「イオさまは十歳になられてな、今年いっぱい、大晦日まで、うちでお世話をさせていただくこととなった。くれぐれも粗相のないようにな」

まるでやんごとなき姫君をお迎えするような口ぶりだが、生まれの良さなど欠片も感じられない。歳よりもからだが小さいのも、貧しいためだと考えた方が合点がいく。

上を向いた鼻先と味噌っ歯に愛嬌があるが、やせっぽちのせいか目ばかり大きく見える。それをいっぱいに見開いて、めずらしそうに一同をながめまわした。

しかし好奇心に満ちあふれた、その目に出合ったとたん、使用人たちは、これまで感じたことのない居心地の悪さに襲われた。ある者は悪寒に震え、ある者は口の中に苦い味が広がった。にわかに吐き気を覚えた者もいて、誰もが逃れるように子供から目を逸らした。

その中からふいに、度はずれた悲鳴が響きわたった。新年の場には、甚だそぐわない。大番頭が、尻を浮かせた。

「昇吉、いったいどうしたんだ」

二年前に小僧から上がった、若い手代だった。真っ青な顔で、主人のとなりを指さしている。

「目が……目が……金色に光って……」

思わず皆も子供をふり向いたが、手代が騒ぐような異変はない。ただ、やはりまともに目を合わせるのは具合が悪いようで、誰もが早々に若い手代に視線を戻した。

「やめろ、やめてくれ……その目で見るな――っ！」

昇吉はまるで、閻魔大王の前に引き据えられた罪人のように、畳に突っ伏して頭を抱え込んだ。瘧にかかったみたいに、がたがたと震えている。

「ほんの、出来心だったんです……もうあんな真似は二度としません。だから、許してください！」

伏したままの手代から泣き言がこぼれ、皆は怪訝な眼差しを交わし合う。主人の平右衛門だけは、にわかに表情を険しくした。滅多に見せぬ、剣呑な佇まいだ。

「昇吉、おまえはこちらへ来なさい。与惣助も残るように。あとの者は下がってよろしい」

台所には、奉公人のための屠蘇やお節の仕度ができている。皆には祝いの膳を囲むよう言いわたし、大番頭の与惣助と若い手代だけを残した。

「お久、おまえにはイオさまの世話をたのむ」

心得た妻が子供を連れて座敷を辞すと、平右衛門は切り出した。

「昇吉、おまえ何か、悪事を働いたのだろう」

最前からずっと、平伏したままの手代が、あからさまにびくりとした。

「正直に言いなさい。イオさまの前では、誰も嘘なぞつけないのだからね」

「旦那さま、それはどういう……」

与惣助が、当惑気味に主人を仰ぐ。

「イオさまには、神通力がおありになるのだ」

平右衛門はことさらのしかつめ顔で重々しく告げ、初老の大番頭は、さらに困惑の色を深くした。


「それでは昇吉、おまえは店の金をくすねていたというのか？」

目を剝いた大番頭の前で、昇吉はひたすら平謝りをくり返す。

「申し訳ありません。つい、出来心で……申し訳ありません！」

「まさかおまえが、博奕に手を出していたとは」

平右衛門が、重いため息をついた。いつからだと問うと、三月ほど前だとこたえる。与惣助が、思い当たる顔をした。

「三月前というと、たしか国許にいた、おまえのおっかさんが亡くなったころじゃあ……」

畳に額をこすりつけたまま、はい、と小さくうなずいた。

「おっかさんは何年も寝ついたままで、私が江戸の土産をもって藪入りに帰ることだけを、たったひとつの楽しみにしておりました……それは私にしましても、同じことで」

　その張り合いがなくなって、ぽっかりと心に穴があいた。そんなとき知り合いの屋敷中間に声をかけられて、昇吉はうかうかと誘いに乗ってしまった。中間が出入りしている大名の下屋敷では、昼間から賭場が開かれていた。

「使いの帰りに、ついふらふらと足が向いてしまい、気づけば病みつきになっていました」

　わずかな蓄えもすぐに底をつき、胴元に三両の借金を拵えてしまった。返さねば店にとり立てにいくと脅されて、ここに来てさすがに昇吉も、相手の思うつぼに嵌まってしまったと遅まきながら気がついた。

「一刻も早く、三両を返さなければと……」

「掛け取りの金から、三両を盗んだというわけか」

　大番頭に念を押され、昇吉はまた顔を伏せた。師走半ばのことで、忙しさに加え、金の出入りも激しい時期だ。昇吉は魔がさしたのだろう。

「おまえという奴は……このまま番屋に突き出されても、仕方のないことをしたのだよ」

　与惣助に責められて、とうに観念しているのだろう、昇吉からすすり泣きがもれた。

平右衛門は、しばし考えて、ひとつだけ昇吉に確かめた。

「昇吉、おまえは三両を返してからは、博奕場には行っていないのだね？」

はい、と手代は神妙にうなずいた。半月のあいだ秘密を抱え、実のところ精も根も尽き果てていた。たとえ頼まれても、二度と博奕には手を出したくないと涙ながらに訴えた。

「わかったよ、昇吉。そういうことなら、今回のことは水に流そう」

「旦那さま、よろしいのですか？」

大番頭が念を押す。

奉行所に訴えれば、何かと面倒が多い。奉公人の使い込みは、おおむね内済にするのが常だが、まず店を首になるのは免れない。しかし平右衛門はそうしなかった。

「昇吉、おまえにはいままでどおり、国見屋で働いてもらう。むろん三両の金は、おまえの給金から少しずつ返してもらう。それでいいね？」

もとより阿漕な主人ではないが、何の罰も与えぬようでは示しがつかない。ありがたそうに何べんも頭を下げながら手代が座敷を退くと、大番頭はやんわりと苦言を呈した。

「昇吉は、十八だろう？　央介と歳が近いせいか、他人事（ひとごと）とは思えなくてね」

平右衛門が、切ないため息をつく。手代と同じ疑いが、この家の倅にかけられているとは、大番頭は思いもしなかった。

「イオさまのおかげで、奉公人の不始末に気づくことができました。ありがとうございました」

早めに芽を摘（つ）みとることができたのは、当の昇吉にとっても何よりだった。客間に赴（おもむ）いた平右衛門は、縁側から庭に向かって深々と頭を下げた。

この家でもっとも上等な座敷は、凝（こ）った造りの庭に面している。池には錦鯉（にしきごい）が泳いでいて、平右衛門が来たときには、イオは池のふちに腹這（はらば）いになって熱心に鯉を見ていた。

先刻の騒ぎにも動揺しているようすはないが、座敷に据えられた塗りの膳は、雀（すずめ）がつついたほどしか手をつけられていない。

「お口に、合いませんでしたか」

「そんなことはね、旨かっただ。おらたちは睦月神（むつきがみ）さまの加護があるだで、飯はほんの少ししか食わねえだ」

「さようでしたか……では、何か甘いものでも運ばせましょう」

平右衛門は、たいそうな気の遣いようだ。大声で女中を呼ばわったが、廊下の向こうから近づいてきた足音は、妻のお久だった。

「旦那さま、大変です！」

ぎくりと、小柄な平右衛門のからだがこわばって、おそるおそるたずねた。

「まさか、また央介が、何か揉め事を起こしたのか」

「いえ、そうではございません。いま、おとなりから知らせがあって……近江屋さんが風神一味に襲われたと……」

近江屋は同じ新川沿いにある同業者で、構えは国見屋よりさらに大きい。近江商人だけあって商売は抜け目なく、儲けにもうるさいとの評判をとっていた。

「蔵から五百両が盗まれて……近江屋のご主人は、殺されたそうにございます」

「殺された……」

縁で膝立ちになっていた平右衛門が、すとんと尻を落とした。

黙って金をさし出すなぞ、近江屋にとっては業腹だったのだろう。なかなか蔵をあけようとせず、隙を見て逃げ出そうとしたために賊に刺し殺されたという。

「央介は……央介はどこに行った！　すぐに探して問いたださねば」

「旦那さま！　滅多なことは口にしないでくださいまし」

「お久、おまえも知っているだろう。央介が近江屋の主人と往来で言い争っていたのは、ついこの前のことじゃないか」

「でも、まさか……」

片手で口を覆い、お久はうつむいて肩をふるわせた。

ふと気がつくと、イオがふたりを見上げていた。

「申し訳ありません、とり乱してしまいまして」

「かまわね。おーすけのことなら、おらにもきかせてくろ。おらはおーすけのために、ここに呼ばれただ」

手代があれほど怯えた大きな目は、いまの平右衛門には何よりも心強いものに思われた。


「風神というのは、半年ほど前から江戸を騒がせている、三人組の盗人一味です」

妻とイオとともに客間に落ち着き、平右衛門は話し出した。

これまでに五軒の店が襲われて、死人は近江屋で三人目となる。ことさら人殺しを好むわけではないが、逆らえば容赦はしない。これまでに、合わせて一千五百両が奪われていた。

「その賊が、おーすけではねえかと、旦那さと内儀さは考えているだか？」

「違います！　央介のはずがありません！」

悲鳴のように、内儀のお久がさえぎった。

「たしかにあの子は、央介は、去年から荒れています……何が気に障ったのかはわかりませんし、理由などないのかもしれません……あの年頃の男子には、時折あるそうですし」

「ふうん」

返事はぞんざいだが、そういうものかという顔をする。歳より幼く見えても十歳だ。話の深刻さは、見かけよりも理解しているのかもしれない。平右衛門が、先を続けた。

「あたしとて、倅を疑いたくはありません。ですが……見たという者がいるのです」

「見た？」

「風神一味が現れた晩、あたしどもと昵懇にしているさる料理屋の板長が、逃げ去る三人組を見たそうです。路地を出ようとしたところで、物陰から垣間見たと」

十一月の初め、真夜中に近い時分のことだ。その料理屋は、湯島天神傍にある。板長は店仕舞いを終えて、長屋に戻る途中だった。

通りをすごい勢いで駆け抜ける三人組に、まず板長はびっくりした。三人は板長の前を気づかずに通り過ぎ、中のひとりがそこでころんだ。

「馬鹿、何してる、央介！」

仲間から叱咤され、すぐに男は立ち上がったが、次いで遠くから声がした。

「風神だ！　風神一味が出たぞ！」

一町ほど離れた辺りで、にわかに騒ぎが大きくなる。その声が追い風となったかのように、三人組は一目散に逃げ去った。

国見屋の下り酒を贔屓にしている板長は、平右衛門とは長年のつきあいで、気心も知れていた。央介とも面識はあるが、賊の顔は暗くて見えなかった。

――決して多い名前ではないが、別人に違いない。

そう思いながらも板長は、平右衛門にだけ仔細を告げた。央介が悪仲間とつきあいがあることを、耳に入れていたからだ。

――取越し苦労は承知の上だが、きこえた仲間の声は案外幼かった。どうも気が揉めてな。

誰にももらさぬと板長は約束してくれたが、この夜の行先を倅に確かめた平右衛門は、卒倒せんばかりに青ざめた。

「いつもどおり色街の茶屋にいたと、央介はこたえました。ですが……」

と、父親は、後の言葉をためらった。母親のお久も、辛そうに目を伏せる。

「央介は、両の膝と右腕に、大きな傷を拵えていました……ちょうど往来で、派手にころんだような……」

以来、夫婦はまんじりともできぬようになり、平右衛門は思い余ったあげく、忙しい最中に店を放り出し、同じ月の二十日過ぎに江戸を立った。

「それで旦那さは、睦月神さまにお願いし、おらがよこされたというわけか」

「さようです……倅が本当に風神一味なのかどうか、確かめていただきたくて」

「確かめさえすれば、それでいいだか？」

まっすぐに見詰められ、平右衛門がたじろいだ。もしもひとり息子が、本当に悪事に手を染めていたら――。不吉な予感に、ごくりと喉が鳴った。

「確かめて……その後のことは、正直決めかねておりました」

事が公になれば、倅は死罪となろうし、極悪非道な盗人を出したとなれば、何代も続いた国見屋の商売もおしまいだ。

「万が一、央介が罪を犯しているのなら、あの子を刺し殺して私も自害します！」

「これ、よしなさい、お久」

「でも、おまえさま、それより他に……」

お久が泣き崩れ、平右衛門も、梅雨時の雲より湿ったため息をつく。

「どうしたらいいのか、わからなかったからこそ、睦月神さまにおすがりしました。その家に幸甚をもたらすという、座敷童に降りていただければ、何かよい兆しも見えるのではないかと……」

「おらにあるのは、睦月神さまから授かった『鏡』の力だけだ」

うーん、と子供は困った顔で口を尖らせた。

不肖の息子が家に戻ったのは、その夜、遅い刻限だった。


真夜中を告げる九つの鐘が鳴り、その余韻が遠ざかったころ。国見屋では主人夫婦も奉公人も寝息を立てていた。その静寂が、甲高い悲鳴で突然破られた。

「助けてくれ――っ！　化け物だぁ――っ！」

平右衛門とお久がまずとび起きたのは、声がそれだけ近かったからだ。悲鳴は外からで、奥座敷に面した庭だと知れた。

「あの声は……」

気づいたお久が、急いで綿入れを羽織り、廊下にとび出した。平右衛門も後に続く。夫婦の寝間のある廊下の角を折れると、一家の居間と倅の部屋、そして客間に至る。

「……イオさまの、部屋の前だ」

平右衛門の不安は的中した。月はなく、池も庭木も塗りつぶした墨絵のように沈んでいる。だが、その暗闇から、ひっきりなしに声がする。

「やめろ、あっちに行け、来るな、来るなぁぁぁ！」

「央介！　央介ですか？」

お久の呼びかけに、悲鳴はぴたりと止まった。庭にうずくまっていた黒い影が、一目散に夫婦のもとに走り寄る。

「おおお、親父、おふくろ！　ばばば、化け物だ！　庭に化け物がいる」

最近は、両親とまともに口さえきかなくなっていた倅が、まるで十も歳が戻ったかのように、お久にすがりつく。

「央介、しっかりしなさい。化け物なぞ、いるはずが……」

「本当なんだ、親父。池の前に、化け物がうずくまっているんだよ」

母親の綿入れの袖を握りしめたまま、央介は指だけで示し、決して見ようとはしない。

平右衛門がそちらに顔を向けると、池の辺りの植え込みの枝葉が、たしかにかさりと鳴った。夫婦もぎくりとしたが、不安を払うように小さな声がした。

「すまね、脅（おど）かすつもりはなかったただが」

「……イオさま。イオさまでございますか？」

んだ、と短く返事して、イオは縁の前に立った。

「このような刻限に、何をなさっていたんです？」

「鯉を見てただ」

「この真っ暗闇では、池を覗いたところで何も見えますまい」

「おらには見えるだ。おらたちは皆、夜目がきくだ」

さようですか、と平右衛門が、狐につままれたような顔をする。

倅が、そろっと顔を上げた。

「……化け物じゃ、ねえのか？」

「これ、滅多なことを口にするな。こちらの方は、国見屋の大事なお客さまだ」

「客、だと？」

おそるおそるふり向いて、叫びざま母親にしがみつく。

「やっぱり化け物じゃねえか！　目が、目が、金色に光って！」

夫婦が同時に、はっと固まった。

「央介、おまえ……このイオさまの目が、光って見えるのか？」

「あたりめえじゃねえか！　親父にはわからねえのか？　あんなにはっきりと光って……」

「央介、もういっぺんしっかりと、イオさまの目を見るんだ」

「嫌だ、冗談じゃねえ！　その化け物を、どっかにやってくれ！」

「央介！」

日頃はついぞきくことのない、厳しい声が父親からとんだ。それでも従おうとしない央介を、平右衛門は無理やり母親から引き剝がし、倅のからだをイオの方に向けた。

　央介の喉から、絶叫がほとばしった。


「もうこれで、国見屋はおしまいだ」

　平右衛門は茫然としたまま座敷に座り込み、内儀のお久は寝込んでしまった。

　混乱した央介は、遊び仲間のふたりとともに、盗みに手を染めたことを口走った。騒ぎをききつけて奉公人が集まってきたから、詳しく問いただす暇もなかったが、夫婦にはそれだけで十分だった。

　央介はそれからずっと、自室に閉じこもったままだったが、昼を過ぎたころ、その部屋の襖があいた。

「おーすけ、飯だぞ」

　返事はなく、座敷の真ん中に、盛り上がった布団だけが見える。

「朝餉も食ってねえから、大番頭さが心配してるだ」

　主人一家の誰も、朝から食事をとっていない。案じた女中が大番頭に告げて、迷いながらも与惣助は、神通力があるという子供に相談をもちかけてみた。

「おらもこっから先は、どうしていいだかわからねえだ」

うーんとイオは、やはり困った顔をしながらも、ひとまず大番頭の頼みを受けて、味噌汁と握り飯を載せた盆を抱えて、央介の部屋にやってきた。

「頼むから、出ていってくれ！　神だか化け物だか知らねえが、関わるのはご免だ」

かけられた幼い声から、金色の目のお化けだとわかったのだろう。布団を頭から引っかぶった央介が、くぐもった悲鳴でこたえる。

「おらは神でも化け物でもね。ただの鏡だ」

枕元に、盆が置かれた。味噌汁のいい匂いにつられてか、布団の中から、腹の虫の鳴る音が大きく響いた。

「やっぱり腹がへってるだな。おらにかまわず、たんと食え」

しばしじっとしていた布団のかたまりから、窺うようにそろっと手が伸びた。握り飯を引っつかむと、猫に出会ったネズミのように、ぴゅっと布団の中に消える。

「おもしれえな」

イオは興味を引かれたように、布団の横にしゃがみ込んだ。イオの手には余るほどの大きな握り飯だが、ひとつ目はまたたく間に腹に収まったようだ。ふたたび布団から手が伸びて、やはり飯をつかんでぴゅっと消える。うふふ、とイオが笑い声を立てた。

だが、三たび手が出てきたときは、ようすが違った。手は盆の前をうろうろし、しきりに何かを探している。

「くるし……水……」

「飯が喉につかえただか？　ほれ、おーすけ、これを飲むだ」

小さな手が、味噌汁の椀を央介に渡してよこす。思わず布団から頭を出して、央介は急いで椀の中身をすすった。

「大丈夫だか？」

はあ、と人心地ついた央介だが、イオに気づくと、慌てて布団の中に潜りこむ。

「おーすけは、野鼠みてえだな」

うふふ、と、またイオが笑う。

「おらの里には、野鼠も鹿もウサギもいっぱいいるだ。でも、傍に寄ろうとすると、みんなおーすけみてえに逃げちまう」

深い山奥にあるという故郷の話を、あれこれと語りはじめた。春には霞がかかり、夏は濃い緑に覆われて、秋には実りを迎え、冬は深い雪に閉ざされる。ごくあたりまえの山の話で、訛りが強いことを除けば、声も話しようもあたりまえの子供と一緒だ。

イオの話がひと段落すると、布団の中から央介がたずねた。

「おまえ、いったい何者だ？」

「村の者は、おらたちを『睦月童』と呼ぶ。おらたちは睦月神さまの子供だから、そう呼ばれるだ」

睦月神なぞ、央介は初めてきいた。イオの暮らす、睦月の里に祀られる神さまだという。

「金色の目や、気味の悪い神通力は、そのためか？」

「おらの目が金色に見えるのは、この家の中ではおーすけと、昨日騒いでた者だけだ」

イオは平右衛門からきき知った、手代の昇吉の話をした。もっとも仔細はきかされていないから、かなりおおまかなものだ。それでも央介はあらましを理解したようで、布団の中から声だけで応じた。

「つまりは店の手代が、何か悪さをして、おまえに見破られたというわけか」

「だども、何をしたかは、おらにはわからね。おらの力は、ただの鏡だ」

「鏡って、何だ？」

「人の罪を、映す鏡だ」

昨夜のことを思い出したのか、布団ごと央介は大きく胴震いした。

「おーすけは、何か悪さをしたのだろ？　罪人には、おらの目は金色に光って見えて、犯した過ちが目の前に現れる……カナデさまは、そう言ってただ」

カナデさまというのは、睦月の里の長老だと、イオはつけ加えた。

「旦那さが言ったとおり、おーすけは風神一味だったださか？」

「違う！　おれは、風神一味なんぞじゃねえ！」

布団をはねのけて、央介が怒鳴った。だが、イオと目が合うのを避けて、つつかれた蝸牛のごとく、たちまち頭をひっこめる。

「おれは、風神一味じゃねえ……そうじゃねえ、そうじゃねえんだ……けど……」

ぐすぐすと、洟をすする音がする。まるで大きな蝸牛が泣いているようだ。

「なあ、おーすけ。さっきも言っただが、おらには鏡の力しかねえ。こっから先は、おーすけがどうにかするしかねえだ」

「……おれに、何ができるってんだ」

「わからね。けど、おーすけの胸ん中には、岩みてえなおっきなかたまりがあるんだろ？　その岩をどかせるのは、おーすけしかいねえんだ」

小さな手は、やわらかい殻のような布団を、ぽんぽんとたたいた。


この先、向こう十年は近寄るまい――。

自身にとっては禁忌に等しいその場所に、央介は翌日、足を向けた。

湯島天神の門前町である。

一の鳥居のすぐ傍に、小さな手遊び屋がある。張子の犬や、今戸焼きの土人形、でんでん太鼓などが狭い店内に並べられた、いわゆる玩具屋だ。

ふたりの遊び仲間とともにこの店を覗いたのは、たまたまだった。暦が十一月に変わり、まもなくのころだ。

色街で朝寝を決め込み、帰りにぶらぶらと参道を歩いた。三人の行きつけは、もっぱら本所竪川沿いの色街であったが、前夜、仲間のひとり、実太郎が言い出した。

「よお、たまには河岸を変えてみねえか？」

「変えるって、どこに？」と、やはり仲間の梅吉が問う。

「湯島の岡場所によ、安くてたっぷりと遊べる店があるそうなんだ。さして美人はいねえそうだが、その分情が濃くってよ、朝まで離してくれねえんだとよ」

いひひ、といやらしく笑う。央介同様、大店のどら息子で、女好きにかけては三人の中でも群を抜いている。実太郎は、日本橋本町にある生糸問屋、真柴屋の倅だった。

「てめえも好きだな。ま、安いのはありがてえ。つき合ってもいいぜ」

一方の梅吉は武士の倅だが、父親は浪人者で、裏長屋住まいの棒手振りと変わらない貧しい暮らしぶりだ。当人も町人身なりで刀も差していないが、腕っぷしは強い。

ひとりで色街をうろついていた最中、ごろつきに絡まれたことがある。難儀していた央介を助けてくれたのが、このふたりだ。何となく馬が合い、以来、三人でつるむようになった。

実太郎と央介が財布となって銭を出し、梅吉が用心棒の役目を果たす。三人そろえば、怖いものなど何もなかった。その増長が、あのような禍を招いたのかもしれない。

「ったく、散々だったぜ。美人はおろか、ぴんからきりまでババアばかりじゃねえか」

参道を行きながら、梅吉がぶつくさと文句をたれる。梅吉以上にがっかりきていたのは実太郎だった。

「あれじゃ、おっ立つもんも立ちゃしねえよな。おまけにあの女たちときたら、浴びるほど酒をかっ食らいやがって。おかげでいつもより高くついちまったぜ」

ふたりが競って、ため息の数ばかりを稼ぐ。気塞ぎな空気を、少しでも紛らせたかったのかもしれない。『みみずく屋』と書かれた手遊び屋を指さしたのは、央介だった。

「あれ、何だろうな？」

　店先に並んでいたのは、手のひらに載るほどの竹製の玩具だった。深編笠をかぶった起上り小法師のようなものが、竹の座布団の上に正座している。たかが子供の玩具だ、興を惹かれたというほどでもない。それでも三人は、みみずく屋の前で足を止めた。

「いらっしゃいまし」

　土間はなく、代わりに腰掛けが軒下に張り出している。三人はそこに腰を据えた。土人形などが並べられた小座敷の奥に、髪の白い老婆がひとり、店番をしていた。

「これ、何だい？」

「『とんだりはねたり』といいましてね……こうして竹ひごを引くと笠がとんで、からだがはねるんですよ」

　竹の座布団の下に、細い竹の棒がついている。どうやらばね仕掛けになっているようで、これを引っ張ると、座布団ごと人形がぴょんとはね、かぶっていた深編笠がとんで、相撲力士が顔を出した。いたって単純な仕掛けだが、動くというだけで興が乗る。

「へえ、初めて見るな」

「どれどれ、おれもやってみるか」

「お、こっちは白兎だ。招き猫もあるぞ」

とりどりに彩色された人形や、思いの外にとぶさまが面白く、次々と試していたが、もともとは子供の使うものだ。からだだけは大人の三人が引っ張ると、ばねが伸びきってしまったり、竹棒ごととれてしまったりして、たちまち三つほどが壊れてしまった。

「何だよ、ちゃちな細工だな」

「こんなもんで、金をとろうってのか？」

「子供騙しにしても、ひでえ代物だな」

詫びるどころか、逆にいちゃもんをつける。婆さまはおろおろするしかなかったが、そのとき奥から、店の主人が現れた。

「この罰当たりが！　大事な商売物を駄目にしおって！」

やはり白い頭の、腰の曲がった爺さまで、夫婦で店を切り盛りしているようだ。ただ、気の弱そうな婆さまと違って、やたらと威勢がいい。

「昨日入ったばかりの品だというのに、売る前に壊されては商売にならんわ。どうしてくれる！」

「わかったよ、爺さん、金を払やあいいんだろ」

実太郎が財布を出し、小粒銀を放り投げた。まるで物乞いにでも与えるような態度がよくなかったのだろう。相手がますますいきり立つ。

「金の話ではないわ！　商売物に傷をつけた上、あやまりさえせんとは、どういう了見だ！　いいか、おまえたちのやったことは、盗人と同じだぞ」

「何だと？」

梅吉の目つきが、明らかに変わった。

「おれたちを、盗人呼ばわりするつもりか？」

「品を壊して難癖までつけるとは、白昼堂々の強盗と何ら変わりない。こそこそ盗む空き巣狙いの方が、まだ可愛げがあるわ」

「金は払ったんだ。盗人呼ばわりされる謂れはねえよ」

央介も負けじと声を張ったが、老齢の主は一歩も引き下がらない。

「金さえ払えば、だと？　どうせおまえたちが稼いだ金ではなかろうが。稼ぐ辛さも知らぬ小僧っ子が、偉そうにするなっ！」

老爺は小粒銀を拾い、たたき返した。銭は梅吉の額の上で、ぴしりと音を立てた。梅吉の顔が、たちまち憤怒にかられ赤く染まる。

央介と実太郎は商家の坊ちゃんとして育ち、一方の梅吉の父親は、子供のことなぞ放ったらかしだ。三人ともこんなふうに、頭ごなしに怒鳴られたことなど一度もない。

「この糞爺いが！　調子に乗りやがって！」

畳を蹴り上げんばかりの勢いで、梅吉が草履のまま小座敷に踏み込もうとする。怒らせたら、誰よりも怖い。梅吉の性分を知っているふたりは、必死で止めた。

「おい、まずいって、ウメ。まわりを見てみろよ」

「見物人が多すぎる。この辺の親分にでも出張られちゃ、厄介なことになるぞ」

老主人のはばかりない怒鳴り声が、人を集めたのだろう。気づけば店の前に人垣ができつつあった。番屋に知らせたらどうだの、親分を呼んでこいだの、ささやく声がきこえ、急に怖くなったのだ。

央介と実太郎は、ふたりがかりで梅吉を引っ張るようにして、どうにか店を出た。

「何だって止め立てしやがった。盗人あつかいされたんだ。たとえぶん殴っても文句を言われる筋合いはねえよ！」

ひとまず参道から離れたものの、梅吉の腹立ちは収まらない。央介と実太郎もやはり気分が悪く、結局、験直しに呑み直すことにして、近くにあった蕎麦屋の暖簾をくぐった。昼までには間があるためか、他に客はおらず、三人は座敷に上がり込み酒と肴を注文した。酒が運ばれて、盃をあおったところで実太郎が情けない声をあげた。

「ああっ、爺いに投げ返された銭を忘れてきた。ちきしょう、二朱あれば結構遊べたのによ」

「何だよ、二朱も払って、盗人だと騒がれたのか？　ったく、割に合わねえな」

と、央介も口を尖らせた。

「とはいえ、いまから戻る気にはとてもなれねえし。ああ、ああ、大損しちまったぜ」

　酒や女には財布の紐もゆるくなるが、くだらぬ散財に、要らぬ説教まで食らった。損は何倍にも大きく思え、実太郎と央介は、ことさら大きなため息をついた。

　しかし、梅吉は違った。ふたりに向かって、にやりと笑う。

「いや、二朱はとり返しにいこうぜ。銭をいただいて、あの爺いにひと泡吹かせてやる。どうだ、乗らねえか？」

　最初は冗談かと思った。が、梅吉は本気だった。

「言われてみりゃ、理はなくもねえ。あの爺い、おれたちを強盗だと言ったんだ。本当の強盗になるのも、悪くねえ」

　央介が間をおかず同意して、最後まで尻込みしていた実太郎を説き伏せる側にまわったのは、梅吉に臆病者とそしられるのが怖かったからだ。

「だがよ、あのときの三人組だと、ばれやしねえか？　爺いに気づかれたら、おしまいだぞ」

「なあに、罪は風神一味にかぶってもらやいい。あちらも三人、こちらも三人だ。ひとつくれえ盗み先が増えたところで、土壇場行きは変わらねえよ」

三人組の盗人の噂は、江戸の巷を席巻していた。

そして四日後、三人は手遊び屋に押し入った。央介と実太郎が踏み台になり、身軽な梅吉が塀を乗り越え、潜り戸をあけた。固く閉じられた裏口を心張棒ごと蹴り破り、老夫婦を脅して有り金をすべてさし出させた。

「おれたちゃ、風神だ。あんたらも知っているだろう。命が惜しかったら、金で購いな」

梅吉の声は、頭巾越しにくぐもってきこえた。

思い返すと、悪い夢のようだ。

押し入ったときは無我夢中で、ちょうど疾走する早馬にでもまたがっていたかのようだ。降りることも止まることもできず、目さえあけられない。金を奪い、逃げる途中で派手にころんだ。ふり落とされて初めて、汗と恐怖がいちどきに押しよせてきた。

怖い――！　怖い怖い、怖い怖い怖い――。

あんな思いは、二度とご免だ――！。

なのにイオの目を見たとたん、あの恐怖をそっくり写しとった紙を、ぺたりと張りつけられたように、怖い思いでいっぱいになった。

――こっから先は、おーすけがどうにかするしかねえだ。

「……おれに、何ができるってんだ」

頭に浮かんだ座敷童に、同じ台詞(せりふ)を情けなく返した。

正月三箇日(さんがにち)を過ぎても、湯島天神の参道は、今日もたいそうなにぎわいだ。央介がここに通うようになって、すでに三日目になる。定席(じょうせき)となりつつある鳥居の柱に身を隠し、みみずく屋を窺った。

「やっぱりいねえや……頑固爺いと婆さまは、どうしちまったのかな」

一昨日から毎日出向いているが、老夫婦の姿を一度も見かけない。刻(とき)を違えてもみたが同じことで、客の相手をしているのは、背が低く小太りな中年女ひとりきりだった。

「まさか、盗人にびっくりした拍子に、おっ死(ち)んじまったなんてことはねえだろうな」

妙な心配まで頭をもたげ、四半刻はたっぷりと立ちん坊をしてから、央介は思いきって近づいてみた。おそるおそる暖簾の内を覗いてみたが、やはり白髪頭は見えない。

「いらっしゃいまし。何かお探しですか?」

丸い顔の中年女が、愛想よく声をかける。

「いや、ええっと、妹に何か買っていってやろうかと……」

「そうですか。妹さんは、おいくつですか?」

「……十歳です。歳にくらべて、まだまだガキで」

咄嗟についた嘘だったが、すぐにやせっぽちで目ばかり大きな顔を思い出した。

「女の子でしたら、鞠や江戸姉様はいかがです? あいにくと羽子板は、みんな売れちまいましてね」

千代紙で拵えた姉様人形などを手にとりながら、できるだけ何気ないふうに切り出した。

「そういや、ずっと前に一度この店に来たときは、たしか歳のいった夫婦が店番をしていやしたが……」

「ああ、あたしの父と母です。あたしは嫁に行って、いまは四ツ谷で暮らしてますが、父の具合がよくなくて、母もつき添っていましてね」

娘は代わりに四ツ谷から、毎日通っていると語った。

「具合が悪いって、病ですか？」

「いえね、腰を痛めちまって。ふた月ほど前に、風神一味に寝込みを襲われましてね」

ぎくりとして、腰掛けに載せた尻が、この前の玩具のようにはねそうになった。賊が去った後、老主人は慌てて番屋へ走ろうとした。あげく石段からころげ落ちて腰を打ち、以来、寝たきりだという。

「それは、災難でしたね」

辛うじて返すと、娘は大きくうなずいた。

「そうなんですよ。お金をとられたばかりか、父が寝込んで商いもできなくなって……風神一味が、どうしてこんな些細な店を狙ったのかと、お役人ですら首をかしげる始末で。悔しいやら腹立たしいやら、どこにももって行き場がありませんよ」

参拝客相手の、小さな店だ。有り金を全て奪われた上、主人夫婦は商いもままならない。店をあけることすらできず、見かねて娘が亭主に頭を下げて、ここに通うようになったようだ。

「でも、いつまでもというわけにもいかないし、父の加減しだいでは、店を閉めることになるかもしれません」

凍えるような空模様にもかかわらず、たらりとひと筋、冷たい汗が脇の下を流れた。黙り込んだ央介に、女は慌てて口を押さえた。

「すみませんね、お客さまにこんな愚痴をきかせちまって」

「いえ……」

「それでも、命が助かったのだから。そう考えれば、十分にお釣りがきます。きっと天神さまのご利益ですね」

命あっての物種だと、心底ありがたそうに鳥居を仰いだ。

遊び半分の意趣返しが、この一家を窮地に追い込み、稼業さえ潰そうとしている。盗んだ金は、ほんの数日で使ってしまった。

――稼ぐ辛さも知らぬ小僧っ子が！

老主人の声が、きこえるようだ。

「親父さんは、奥で寝ているんですかい？」

「いいえ、ここにいると店が気になって。すぐに無理をしようとするもんで、ちっともよくならなくて」

近くの親類の家で、夫婦ともども世話になっているという。

いっそう悄然とする央介に、娘が首をかしげる。しかし店先に別の客が現れて、先刻と同様、愛想よく迎え入れた。客はひと目で田舎出とわかる、ふたりの侍だった。

「このでんでん太鼓は、いかほどだ？」

赤子が生まれたばかりなのだろうか、若い侍がたずねたが、お代をきくと、たちまち眉をひそめた。

「さして上物とも思えぬのに、いくら何でもその値はなかろう」

「お負けも、させていただきますが……このくらいでいかがでしょうか？」

ぱちりとはじいた算盤を、娘が見せた。しかし侍たちは、ますます機嫌を損ねた。

「もしや田舎者と、我らを侮っておるのか」

「滅相もございません、お侍さま」

「ならば、まともな商いをすべきであろう。我らが国許では、この三割が相場だぞ」

みみずく屋は、一の鳥居のすぐ傍にある。いわば参道のとっつきにあたり、本殿からここまで、同様の手遊び屋はいくつもあった。おそらく何軒かで同じやりとりをして、相手にされなかったのだろう。腰の低い女ひとりとみくびって、鬱憤を晴らすつもりかもしれない。

央介は、腰掛けからすっくと立った。

「お侍さま、たしかに江戸の参詣客相手の店は、日の本一お高いかもしれやせん。だからこそ、値がありやす」

「何だ、小僧？」

　にらまれたが、どちらもさほど上背はない。央介は侍と正面から向き合って、理詰めで説いた。

「考えてもみてくだせえ。同じ代物でも、近所で買ったもんと江戸の天神土産と、渡された者はどちらを喜ぶと思いやす？」

「それは……まあ」

「江戸土産であろうが」

「多少値が張るのは、その分でさ。ここは門前町の店としちゃ、決して阿漕じゃあありやせん。あっしは日本橋の商家の倅で、江戸の物の価はわかっているつもりです。そのあっしが、証し立てしやす」

　道理は、侍たちにも通じたのだろう。ばつが悪そうに視線を交わす。たぶん参勤交代などで、地方から出てきた下級武士だろう。江戸の水にまだ慣れず、浅黄裏と馬鹿にされ、それでも武士の体面を保とうと必死なのに違いない。

「あの、お侍さま、うちの包みには、ちゃんと湯島天神の名が入っております。こちらで、ご勘弁願えませんでしょうか？」

最後のひと押しを、娘がしてくれた。縁起物(えんぎもの)でもある赤いみみずくの絵の横に、湯島天神参道と朱書(しゅが)きされた袋を見せた。

「まあ、それほどまで言うなら、仕方なかろう」

「ありがとうございます！」

思わず娘と一緒に、頭を下げていた。ふたりの侍が鳥居を出ていくと、ほうっと娘が大息をつく。

「本当に助かりました。男手がないせいか、あのような手合いが多くって。やっぱり日本橋の大店(おおだな)の坊っちゃんともなると、頼もしいですね」

「いや、おれは、家業についちゃさっぱりで……」

母親のような眼差しに、急にきまりが悪くなった。

「ですが……もしおれみたいな者でも役に立つのなら、手伝わせてもらえやせんか？」

「坊っちゃんに、ですか？」

「はい。商売は素人(しろうと)同然ですが、男が店にいれば、さっきみてえな輩(やから)にも少しは効き目があるかもしれやせん。人通りの多い参道で店番がひとりっきりじゃ、厠(かわや)に立つのも難儀でしょうし」

「それは、まあ……ですが、どうしてそこまで……」

娘の顔に、初めて訝しげな色が浮いた。央介は頭を懸命に働かせ、言い訳を探した。

「……うちの近所にも、風神一味に襲われた店があるんです。近江屋って酒問屋で、ご主人が殺められて」

「近江屋さんの災難なら、あたしもききました。うちのふた親も、まかり間違えば同じ憂き目に遭ってましたからね。とても他人事とは思えませんでしたよ」

「おれも近江屋の旦那とは、顔見知りでした。同じ風神一味ときいて、やっぱり他人事とは思えなくて」

「そうでしたか」

ふくよかな顎が、感じ入ったように上下した。

「もちろん、駄賃なぞ要りません。そのう……こちらさんを手助けすれば、商売ひと筋だった近江屋の旦那も、喜んでくれそうに思えて」

言い訳はともかく、気持ちは伝わったようだ。

「わかりました。そういうことでしたら、よろしくお願い致します」

その日から央介は、毎朝、湯島天神へ出掛け、夕方までみみずく屋を手伝った。

「てめえ、いったい何を考えてやがる！」

胸ぐらをつかんだ梅吉が、ぎりぎりと締め上げる。

みみずく屋に通うようになり、まだ五日も過ぎていない。水をさしたのは、ふたりの悪友だった。実太郎もまた、苦言を呈する。

「盗みに入った先に、のこのこ顔を出したばかりか、店を手伝うだと？　正気の沙汰じゃねえぞ、央介」

元日の深夜から、央介は一度もたまり場に足を向けていない。ふたりも最初は心配してくれたようだ。昼間に国見屋を覗いても姿はなく、今朝になって、央介の後をつけてみたのである。

「まさかいまになって、怖気づいたんじゃなかろうな？　こんな真似をしたところで、おれたちの盗みが帳消しにはならねえんだぞ。てめえが下手を打ちゃ、盗人の正体がばれちまって、三人まとめてお縄になるんだぞ！」

梅吉の拳が頰にまともに当たり、央介は地べたにころがった。歯が折れなかったから、手加減してくれたのだろう。倒れた拍子に口の中に入った泥をぺっと吐き出し、地面に胡坐をかいた。

「ウメの言ったとおりだよ……おれはてめえのしたことが、怖くてたまらなくなったんだ」

「何だと」

「けどよ、何をどうやったって、おれたちの罪は消せやしねえ。たとえ全部ぶちまけて、みみずく屋に詫びを入れて盗んだ金を弁済したところで、許してもらえるたあとても思えねえ」

「てめえ、まさか……」

「仲間を売るような真似は、決してしねえよ！　だからこんなやり方しか、思いつかなかったんだ！」

みみずく屋の者に真実は告げられず、それでも少しでも罪をすすぎたい。あふれた涙を、拳でぐいと拭った。

「おれは、償いたいんだ――それより他に、この怖さから抜け出す手がねえんだよ。毎日毎日、怖くて恐ろしくてならなくて……みみずく屋に通って、店を手伝って、どうにかその日一日を凌ぐことができる。やめちまったら、てめえがどうにかなっちまいそうなんだよ！」

「言いたいことは、それだけか……」

梅吉の双眼が、凄味を帯びた。

「それほど苦しいなら、いっそ楽にしてやろうか？」

「おい、ウメ。早まるんじゃねえぞ」

腹に火薬を抱えもっている。梅吉はそんな男だ。導火線に火がついたと察したのだろう。実太郎は躍起になって消そうとする。

「こいつを野放しにすれば、必ずこっちにも厄介がふりかかる。ここで始末をつけちまった方がいい……おれたちのためにも、それに、こいつのためにもな」

湯島天神の境内の外れにあたり、まわりは木々ばかり。人気のない寂しい場所だ。梅吉の腕力なら、右腕一本で、央介の息の根を止められる。

罪の意識とは別の恐怖が襲い、央介はのけぞりながら尻だけで後ずさる。間を詰めるように、梅吉が一歩前に踏み出した。

「馬鹿！　やめろ、ウメ！　そんなことしたら、おめえは戻れなくなる。まともに生きることが、できなくなっちまうぞ」

実太郎が、梅吉の背中にしがみつく。央介を助けるというよりも、梅吉のため――そんなふうに見えた。

「まともに生きるだと？　んなもん、はなから諦めてるよ。てめえらと違ってな、おれには継ぐ家も、先もねえんだよ！」

腕っぷしが強く、怖いものなど何もない。誰より頼もしく見えた梅吉の弱みを、垣間見たように思えた。いつも能天気そうな、実太郎も同じだ。人である以上、弱みも、そして罪の意識も、央介と同様あってあたりまえだ。

「ふたりとも、これからうちに来い。おれが何だってこんな真似をしたか、その理由がうちにある。おまえらにも、見せてやるよ」

「うまいこと言って、逃げようなんざ……」

「逃げやしねえ！　おれはもう、逃げねえと決めたんだ！」

腰を上げて、立ち上がった。

「梅吉、おめえがもしそいつを見て、それでもおれを始末してえと思うなら……いいさ、おとなしく殺されてやる」

「ふん、面白え。いったい何を見せてくれるってんだ？」

「睦月童――神さまの使いだ」

梅吉は一笑し、実太郎も信じようとはしなかった。

しかし国見屋の奥座敷で、イオに対峙したとたん、ふたりのようすは一変した。

「やめろ！　もうやめてくれえ――っ！　頼むから、堪忍してくれ――っ！」

大嫌いな蛇がからだ中に巻きついてでもいるように、つんざくような悲鳴をあげて、実太郎が畳の上をころげまわる。

対して梅吉は、棒立ちになったまま微動だにしない。

「おい、ウメ、おまえ、平気なのか？」

「……平気なわけ、ないだろう……からだが、雁字搦めで、動けねんだよ」

梅吉の頬を、たらりと涙が伝った。悪い汗をひとしずくずつ流すように、涙は止まることなく、いつまでも続いた。

「天神さまへの御参拝、ご苦労さまにございます。苦労は買ってでもせよと申しますが、子にはさせたくないのが親心。苦労知らずの縁起物といえば、不・苦労。御子さまの病よけに、赤ふくろうはいかがでしょうか」

今日もお参りの人でごった返す参道に、景気のよい口上が響く。

「坊ちゃん、落とさぬよう気をつけて帰りなせえよ」

「うん、ありがとう」

大事そうに玩具を抱えた子供が、母親に手を引かれながら央介をふり返った。親子を見送って、央介は店先に立つ実太郎を仰いだ。

「サネがそんなに呼び込み上手とは、知らなかったよ」

「ふん、央介こそ、そんなに子供にもてるとはびっくりだ。女にはさっぱりもてねえのにな」

三人がみみずく屋を手伝うようになって、もうすぐひと月半が経つ。

あの日、実太郎のわめき声に驚いて、客間に平右衛門が顔を出した。イオにあてられた実太郎から、だらしなくもれる詫び言で、平右衛門は一切を悟り、すぐさまふたりの悪友の親たちとともに事の収拾にあたった。

国見屋と真柴屋が折半(せっぱん)し、盗んだ金にたっぷりと色をつけ、息子たちを伴って湯島天神門前の手遊び屋に詫びを入れた。

しかしみみずく屋の老主人は、三人を許そうとはしなかった。

腰を痛めて寝ついたことで、いっそう気持ちがこじれてしまったのだろう。最初のうち、みみずく屋の主人は、三人を奉行所に突き出すと言って譲らなかった。

助け舟を出してくれたのは、意外なことに老夫婦の娘だった。

「三人とも、まだ子供じゃありませんか。お金も返ってきたことですし、勘弁してあげてはいかがです？」

「親が尻拭(しりぬぐ)いをして事なきを得る。その根性が、わしには我慢ならんのじゃ。親がよけいな手を加えれば、子供は鉢植えの花のようにひ弱に育つ。あんたたちはそうやって、倅を駄目にしとるんだぞ」

「仰(おっしゃ)ること、ごもっともでございます。何を返しようもございません」

万事休(ばんじきゅう)すと平右衛門が、悄然(しょうぜん)とうなだれる。実太郎の父、真柴屋も同様だった。

じっと畳に目を落としていた梅吉が、ついと顔を上げた。

「盗みに入ろうと言い出したのは、おれだ。爺さんに怒鳴られて頭にきちまって、風神一味のふりで意趣返しがしたかった。おれに脅されたら、こいつらも従うしかねえ。だから爺さん、奉行所に突き出すのは、おれひとりで勘弁してもらえねえか」

「それがしからも、お願い申し上げる」

梅吉の父親が、息子のとなりで手をついた。

「倅が頭分(かしらぶん)であったことは否(いな)めぬ上に、親たるわしは金さえ用立てできぬ。親子そろって、まことに不甲斐(ふがい)ないと承知しておる。どうか我ら親子の心ばかりの罪ほろぼしと思うて、息子の好きにさせてもらえまいか」

仕官もできず、貧乏を続けながらも武士を捨てられない。父親のやりきれなさを、梅吉は体現していたのかもしれない。

町人に向かって頭を下げる武士の姿は、心を打つものがあった。頑(かたく)なな老人の心にも、届いたに違いない。主人は頭を上げさせて、そして言った。

「あんたたちの詫びは受けとろう。ただし金は、親ではなく、そのろくでなしどもに返してもらう」

四十五日のあいだ、三人をみみずく屋で働かせる。

奉行所へ訴えぬ代わりに、老主人はその条件を切り出した。

「にしても、商いってのは、思った以上に大変だよな」

「まったくだ。仕入れやら店賃(たなちん)やらをさっ引くと、びっくりするほど儲けは少ねえ」

　央介は覚束ない手つきで算盤を使い、傍らで実太郎が帳面を繰る。

「まだ、足らないか？」

「お、あと二分ってところだ。明日までには届きそうだぞ」

　央介がぱちりと珠をはじき、そうか、と実太郎も目を輝かせる。

「あの爺さん、たいしたもんだな。おれたちが盗んだ金高が、四十五日分の儲けにあたると、ちゃんとわかっていたんだな」

　くらべて自分たちは、商いについて何もわかっていない。跡取り息子のふたりは、身をもって思い知った。

「ここでの禊が終わったら、金輪際遊ぶ暇なぞない。生糸商いを一から叩き込むと、親父にも言われていてな」

「大変だな、サネも」

「まあ、ウメよりは、ましかもしれねえが」

　と、すかさず奥から、年寄の大きな声がきこえてきた。

「梅吉！　梅吉はどこへ行った！　梅吉、早う来んか！」

「うるせえな。おれの名を安売りするんじゃねえよ、このクソ爺い」

「まあたどこぞで、怠けておったか」

「怠けてねえよ、裏で薪割りしてたんだ！」

「さようか、それならよし。わしを厠へ運べ」

「爺いの腰は、あらかた治ってんじゃねえか。いちいちおれを呼びつけるな」

「文句を言うな、さっさと背負わんか」

　央介と実太郎は店を任されたが、梅吉には別の役目があてがわれた。腰を痛めた主人の、身のまわりの世話である。力のある梅吉は、年寄ひとりくらい難なく運べる。重宝されていたが、仲がいいのか悪いのか、ふたりは暇さえあればこの調子だ。

「ああ見えて、おじいさんは気に入っているんですよ。だってウメさんが来てから、めきめきと具合がよくなりましたからね」

　店の隅で品を改めていた白髪頭の女房が、にっこりする。

その言葉は、本当だったようだ。後に老主人は、梅吉に仕事を世話してくれた。今戸焼きの土人形の仕事場で、土をこねたり焼き物を運んだりする力仕事であった。

　翌日、ひと月半の禊をすませた三人に、みみずく屋の主は言った。

「ひと月半、よう務めた。じゃが、これで終わりと思うなよ。この先ずっと、同じ日々が続くと思え。暮らしを立てるとは、そういうことじゃ」

鬱陶しいはずの説教は、思いのほか三人の胸に深く届いた。

「ほら、こうすると、ぴょんととぶだろう」

「うわあ、面白えだ。おーすけ、おらにもやらせてくろ」

イオが大喜びで手を伸ばす。みみずく屋から土産にもち帰った、「とんだりはねたり」である。

不思議なことに、みみずく屋に通うようになってしばらくすると、イオの目は光らなくなった。いまではすっかり、並の子供と変わりない。

犯した罪は消えないが、みみずく屋一家が心に負った傷は、少しは癒えたのかもしれない。央介には、そう思えた。

「おーすけ、おらだと、あまりとばねえだ。おーすけがやってくろ」

「ようし、見てろよ。それっ！」

庭の池を背景に、ひときわ高く白兎がはねた。

潮の屋敷

泉ゆたか

一

この屋敷はかつて人が死んだ。

それも家主の老人は物盗りに入った賊に襲われ、惨たらしく刺し殺されたという。

「知らぬが仏、ってのはこのことだね。くれぐれも若奥さまには内緒にしておかなくちゃいけないよ」

襖の向こうで女中頭がずずっと番茶を啜った。

「何しろ殺しがあったのはご夫婦の寝室なんだからね。まだ新しいお屋敷だってての に、畳はもちろん天井板までそっくり取り換える羽目になったってんだから、どんな有様だったか想像がつくだろう?」

「えっ？　どうして天井板を？」

まだ若い女中が屈託ない声で訊く。

「なんだい、そんなこともわからないのかい？　人の身体には真っ赤な血が通っているだろう。心ノ臓が動くたびに、どくどく流れて身体中を巡っているのさ」

ぴしゃりと首筋を叩く音。

「それを、小刀で一気にざくりとやったら……」

「ひえっ！　わかりました、もうわかりました。そこから先はどうぞご勘弁を」

低い笑い声が響く。

春の空で鳶が、ぴーひょろろと笛のような声で鳴いた。

築地明石町は大川の河口にほど近い水辺の町だ。本湊町からの一帯が鉄砲のような形でせり出しているので、鉄砲洲と呼ばれている。少し北へ行けば、船松町から向こう岸の佃島へ船を出す渡し場がある。

よく手入れが行き届き造りも丁寧なこの屋敷は、二階から大川の豊かな流れを臨む、何とも風光明媚な場所に建っていた。

家主は浅草で居酒屋をいくつも営む金持ちだと聞いた。その家のご隠居が年に数度訪れる別宅として使っていたため、建物はほとんど傷んでいない。

「きっと若奥さまは、ほんとうのことを知ったら泡を吹いて引っ繰り返っちまうよ」

廊下で身を潜めた駒は、まさにその場で泡を吹いて引っ繰り返るかと思った。目の前が真っ白になって脇に冷たい汗が伝う。

「あのご様子じゃ、ご近所さんから聞きつけてくる、ってことはなさそうだけれどね」

嘘だ、嘘だと胸の中で呟きながら、喉元がわなわなと震えた。

「日がな一日、奥のお部屋に引き籠っていらっしゃいますからね。せっかくの気持ち良い水辺の風なのですから、お散歩にいらしてはいかがでしょうと幾度もお声をお掛けしましたが」

若い女中が煎餅を噛むぼりぼりという音。

「表で大波がざぶんざぶんしているようなところで育ったお方には、大川の流れなんて珍しくも何ともないんだろうさ」

女中頭の口調には、嘲るような響きが感じられた。

「おっと、さすがにのんびりし過ぎたね」

女中たちが一斉に立ち上がる気配に、駒は慌てて背後を振り返った。

女中部屋は長い廊下のどん突きだ。今から早足で戻っても、きっと後ろ姿を見留められてしまう。

「こんにちはっ！」

ちょうど今しがた女中部屋の前に辿り着いた、という体を装って、大きな声を張り上げた。すぐに、「こんにちはっ！」なんて、これではまるで土産物屋の呼び込みの台詞だと気付いて、ぴしゃりと額を叩きたい気分になった。

部屋の中がひたりと静まり返った。

「あら、若奥さま、どうされましたか？」

襖が開いて、女中頭がにこやかに丸い顔を見せた。先ほどお喋(しゃべ)りをしていたときとは別人のように高い声だ。

「こちらは女中部屋でございますよ。このお屋敷の女主人さまともあろうお方が、こんなむさ苦しいところにいらしてはいけません」

まるで幼子(おさなご)をあやすような口調で、駒の身体の向きを変える。

「塵(ちり)を捨てて欲しいと思ったの。屑入(くずい)れがどこにも見当たらなかったから」

駒が手に握ったちり紙を見せると、女中頭がきょとんとした顔をした。

「そのために、わざわざわたくしどもをお探しで？」

大きく見開かれた目に見つめられて、身が細るような気がする。

「……いけなかったかしら？」

駒は肩を竦(すく)めた。

ずいぶん子供っぽい振る舞いだとわかっていた。だが女中が屑入れの用意をしていないからいけないのだ、などと、そこいらにちり紙をぽいと放り捨てるなんて真似(まね)ができるはずもない。

ならばどうすれば良かったの、と心の中で呟きながら、一日中部屋に籠っている己のことを、怠(なま)け者と責められているような気さえした。

「いえいえ、とんでもございません、わたくしどもがすべて悪うございますよ。まったく、屑入れはどこに行ってしまったのでしょうかね？　きっと中身を捨てたときに誰かがそこいらに置き忘れたんですよ。すぐに探してお持ちします」

女中頭のいちいち大仰な語り口に、息が詰まる。

この屋敷で駒はお姫さまのように大事に扱って貰っている、と思えば、そうなのかもしれない。だが万に一つもこの屋敷の〝女主人〟として敬われているわけではないことは、ひしひしと伝わった。

追い立てられるように自室に帰されて、駒は細く長い息を吐いた。

夫の久左衛門との寝室の隣にある、駒だけの部屋だ。

南向きで中庭に面していて風が通る。

一月前に江ノ島の家から持ち出した身の回りのものは、ちっぽけな行李ひとつに収まってしまうほど少ない。この部屋にある文机や黄表紙や針道具といった細々としたものは、すべてここで暮らし始めてから久左衛門が買い与えてくれたものばかりだ。

贅を凝らした装飾があるわけではないが、己の心地良いものばかりを集めた部屋だ。右も左もわからないお江戸の暮らしの中で、この部屋にいる間だけが心が休まった。

しかしひとりになった途端に、先ほど耳にした言葉が蘇る。

この屋敷はかつて人が死んだ。

四方からひんやりと冷たい風が流れ出してくる気がした。

開け放った障子から、よく手入れされた中庭が覗く。瑞々しい緑を含んだ風に、輝くような日の光。池の鹿威しの鳴るこつん、こつんという音。白い蝶が二匹、遊ぶように舞う。

これまで心を鎮めてくれたはずの光景が、急に禍々しく恐ろしいものに見えてくる。

目に映るすべてのものの色が消えて、真っ赤な血潮が飛び散っているかのように思える。

廊下を走り回る女中たちの力強い足音に、天井の梁がぴしっと小さく鋭い音を立てた。

「きゃっ」

心ノ臓をぎゅっと摑まれたように驚いて、腰を抜かした。

隣の部屋と一続きになった天井板の模様が目に入る。事実を知ってしまうと、確かに夫婦の寝室と駒の小部屋を繋ぐ天井板だけが、他の材木に比べて色味が薄い。

ぞくりと身の毛が弥立った。

木の節（ふし）のすべてが人の顔に見える。断末魔（だんまつま）の悲鳴を上げる見知らぬ老人の顔だ。

「……いや、やめて」

駒は震える声で呟いた。鼻の奥で涙の味がする。

駄目（だめ）だ。ここにはいられない。

駒は肩で大きく息をしながら、どうにかこうにか立ち上がった。

廊下へ飛び出すと女中たちの目がないことを確かめて、逃げるように外へ出た。

「早く屑入れをお探しよ。若奥さまは、手にちり紙を握ってずうっとお部屋で待ち構えていらっしゃるんだからね」

表の掃き掃除の最中なのだろう。女中頭の声に女中たちがくすくすと笑う声が青空に響いた。

二

駒は大川の流れを横目に、息が切れるほどの早足で土手（どて）を進んだ。

佃島の渡し場へ向かって歩を進めるうちに、潮の匂いが帯のように漂う。駒にとっては親しみ深い匂いのはずだった。だが、お江戸の潮風はどこか泥を含んだように暗く淀（よど）んで感じられた。

江ノ島とはまるで違う。

島の潮風はもっと甘くてもっと濃い。外を歩くだけで肌がべたつき髪が軋（きし）む。

だがそこにはどこか人肌を思わせる優しさがあった。風邪（かぜ）で喉を壊したら、浜辺に出て歩くだけで驚くほど潤った。島で流した涙の味は、今よりもずっと熱くて塩辛かった。

私はどうしてここへ来てしまったんだろう。

胸元で拳（こぶし）を強く握った。

遠くへ来てしまったんだ、としみじみ感じた。

東海道の六番目の宿場町である藤沢（ふじさわ）宿からほど近い江ノ島は、相模湾（さがみわん）に浮かぶ小さな島だ。島とはいっても干潮（かんちょう）のときには、現れた砂地を歩いて渡ることができるほど陸に近い。

江ノ島はお江戸の人々に人気の旅の地だ。江島（えのしま）神社で弁財天（べんざいてん）さまに詣（もう）でた後に鎌倉（かまくら）の鶴岡八幡宮（つるがおかはちまんぐう）に寄り、最後に金沢八景（かなざわはっけい）を巡って帰ってくる旅程は、女の足でも四、五日で行って戻ってくることができる。

その江ノ島の岩屋へ向かう参道の途中で、駒の家は貝細工屋（かいざいくや）を営んでいた。

浜辺で拾ってきた桜貝で父が簪（かんざし）を作り、母と駒が店先で旅の客に土産物として売る。薄桃色に紅を差したような赤みが滲（にじ）んだ桜貝はたいへんな人気があって、毎朝店を開くのを待ち構えるように次々と客が訪れた。

　貝細工の簪を仕入れたいと、お江戸から出向いてくる簪問屋もたくさんいた。四谷の大店、梅屋の三代目である久左衛門もその一人だ。

　初めて顔を合わせた頃の久左衛門は、先代が亡くなり二十半ばで店を継いだばかりの若旦那だった。こんなにひっそりとした佇まいで大店の主人が務まるのかと心配になるほど寡黙な男だった。

　梅屋の先代とは古い付き合いで、年に数回、江ノ島詣がてら買い付けにやってくるのが習わしだった。

　だが三代目の久左衛門は買い付けを終えると、江ノ島で羽を伸ばすこともなく、駕籠に乗ってお江戸に飛んで帰ってしまう堅物だった。

　愛想というものがまるでなく、駒の母の軽口ひとつまともに返せないで、俯いて黙り込んでしまう。だがその朴訥な様子は嫌味がなく好ましかった。次第に職人肌の父とも馬が合い、幾月かに一度買い付けに現れるたびに、とびきり形が良い簪ばかりを持たされて帰るようになった。

　お江戸で帰りを待つ女房への土産にいちばん綺麗なものを見繕ってくれと頼まれて、駒が奥からとっておきの品物を出してやったこともあった。

「これほど桜貝の色も形も綺麗に揃ったものは、そうそう見つかりません。お目が肥えた簪問屋の奥さまでも、きっと喜んでいただけますよ」

駒が胸を張って簪を渡すと、久左衛門は「そうか、ありがとう」と、簪を指先で握って嬉しそうに頬を染めた。

おやっ、この人でもこんな子供のように可愛らしい顔をすることもあるのか、と胸が温かくなったのを覚えている。

久左衛門がその恋女房を火事で亡くした、と母から聞いたときは、妻への贈り物を手に、はにかむ笑顔が胸に浮かんだ。ああそんな、と心から気の毒に思った。

だが己より一回り以上も年上の夫婦の悲しい別れは、どこか遠いところにある話のような気がしてもいた。

若く丈夫で美しかった駒にとって、死というものはどこまでも遠い出来事だった。

駒は目尻に溜まった涙を親指でぐいと拭った。

「おとっつぁん、おっかさん、もう嫌よ。私、江ノ島に帰りたい……」

お江戸の暮らしでは思うように身体が動かない。まともに息ができない。生きる意味さえ見失ってしまった気がした。その上、あの屋敷で殺しがあっただなんて……。

大川の流れの上に広がる空に目を向ける。

いくら空に目を凝らしていても、おとっつぁんも、おっかさんも、もう二度と駒の前に現れてはくれない。

ほんの二月ほど前に、二人とも流行りの病であっけなくこの世から消えてしまったのだから。

ぴーひょろろ、と頭上から鳴き声が響いた。

輝く青空を、黒い鳶が数羽飛び交っている。

鋭い目を光らせた鳶たちがきょろきょろと首を回しながら獲物を狙う水辺の空の光景だけは、お江戸も江ノ島も同じだ。

「うわっ！　やめろっ！」

男の野太い悲鳴に、駒ははっと我に返った。

ばさりばさりと羽の音。

土手の坂の途中で、二羽の大きな鳶が激しく羽搏いていた。

鳶たちは何かを弄ぶように、摑んでは離す。

鼠か兎ではと肝を冷やしたが、よくよく見ると鳶たちが足で摑んでいたのは、竹の皮で包んだ大きな握り飯だった。

「畜生っ！　片方が囮になっている隙に後ろから狙うなんて、なんて卑怯な奴らだ！　俺の昼飯を返せっ！」

飛び去る鳶に向かって地団駄を踏んで声を上げているのは、肩に手拭いを掛けた身体の大きな若い男だ。どこか幼い気配が残った横顔からすると、十八の駒と同じくらいの年頃だろう。

男は鍛え上げた浅黒い身体で、ぴょんぴょんと子供のように飛んで跳ねて悔しがる。と、背後の駒の姿に気付いて、急に決まり悪そうな顔をした。

「鳶にお弁当を取られましたか」

思わず足を止めて、くすっと笑った。

「見てのとおりさ」

男は心底がっかりしたように肩を落としてから、

「おやっ、梅屋の奥さまでしたか！　お屋敷の住み心地はいかがでございますか？」

と、打って変わったように余所行きの声を出した。

「どうして私を知っているの？」

屋敷のことを訊かれてぎくりとした。お江戸に駒の顔見知りなんているはずがない。

「どうして、って。お引越しのときにうちの婆さまと二人、ご案内しましたでしょう？　けど、あの日は大わらわでろくに挨拶をさせていただく間もありませんでしたから無理もねえです。俺はここいらの家守を務めている直吉と申します」

直吉は大きな身体を折って、深々と頭を下げた。

慇懃な口調なのにどこか親しみを感じるのは、屈託ない笑顔のせいだろう。

引越しの日、駒は久左衛門が江ノ島まで寄越した駕籠に乗って、それこそお姫さまのような嫁入りをした。

言われてみれば屋敷の門のところに小さな老婆と若い大男の姿を見たような気もしたが、初めてのお江戸に気を張っていた駒の頭からは、これまですっかり消え失せていた光景だ。

「家守、ってことは、あの屋敷を手配したのはあなたなのね」

駒は眉を顰めた。

「ええ、もちろん手配をさせていただきましたとも。何か住まいのことでお困りのことがありましたら、この直吉に何なりとお申しつけください」

「お困りのこと、ですって？」

白々しい語り口にさすがに息が詰まった。

私はすべて知っているんだぞ、と口元を一文字に結ぶ。

「どうやら何か……怒っていらっしゃるようですね？」

直吉が目玉をぐるりと回して首を傾げた。

「あの屋敷に起きた出来事を知っていたんでしょう？　酷いわ。どうしてあの人を騙したの？」

　思いのほか口調が強くなった。

　久左衛門の寡黙な姿が目に浮かぶ。

　この家守の男が久左衛門を口八丁手八丁で騙して、借り手のつかない不吉な屋敷を押し付けたに違いない。

「騙しただって？　ちょ、ちょっと待ってくれよ」

　直吉が目を丸くして、心外だという顔をした。急に砕けた口調で続ける。

「まずは、あんたが話している出来事ってのは、あの屋敷で起きた人殺しの話だよな？」

　少しも隠す様子もなくあっさり言い放ってしまう。

「ええそうよ。ご老人が物盗りに……」

　鼻息荒くそこまで言って、あまりのおぞましさに口を噤む。

「あんた、あそこの奥さまだってのに、ほんとうに何も知らなかったのかい？」

「えっ？」

　二人で呆気に取られてしばらく見つめ合った。

　嘘だ。そんなはずはない。

「あの人……あの人はすべて知っていたの？　すべて知っていて、私たちの新しい暮らしにあの屋敷を選んだっていうの？」

胸の中の久左衛門の顔から、さっと色が消えた。

「ちょ、ちょっと待って！　おーい！」

直吉の呼ぶ声を背後に聞きながら、駒は一目散に駆け出した。

何が何だかわからない。頭がおかしくなりそうだ。

己の転がるような足音だけが、頭の中でたったったっと鳴り響いていた。

三

寝室に一歩足を踏み入れた久左衛門は、ぎょっとしたように身を引いた。

「おかえりなさい。お待ちしていました」

駒は奥歯をぐっと嚙みしめて、久左衛門を見据えた。

久左衛門の呆気に取られた顔に、橙色の灯がいくつもゆらゆらと揺れた。三十をいくつか過ぎた男の顔には、若い駒の肌には見当たらない皺が寄る。

家中の行燈をすべてこの部屋に運ばせて灯を入れた。

女中たちはひどく困惑した顔で目配せをし合った。若奥さまは気が触れた、と陰で言っているに違いない。けれど構うものか。

日が落ちたこの屋敷で、何も知らなかった頃のように平然と過ごすことはできなかった。

天井の梁の裏、廊下の奥、部屋の四隅。普段なら気にも留めなかったはずのほんの僅かな暗闇が怖くて堪らない。

暗闇の中で、血走った目玉がぎょろりと駒を見据え、苦悶の呻き声と共に皺だらけの手がこちらへ伸び、血糊のべったり付いた小刀がかたかたと鳴った。

厠へ向かうだけで、仔兎のように震え上がった。用事を済ますとさっさと引き下がってしまう女中を捕まえて、ひとりにしないでくれと泣きつきたかった。

久左衛門は恐々とでもいう様子で異様な光景を見回した。

だが、何も問い詰めないと決めたようだ。結局短い息を吐いて、小さく頷いただけだった。

「あなたは、知っていらしたんですね？」

己から口火を切ろうとはしない久左衛門に苛立ちを感じながら、駒は単刀直入に訊いた。

「……何の話だろうか」

久左衛門が両腕を前で組んだ。

「この屋敷で起きた出来事です。ここで、ご老人が……」

畳を指さしたら、目の前がくらりと歪(ゆが)んで吐き気が込み上げた。

久左衛門は顔色を変えずに、一点を見つめて口元を結んでいる。

「どうして、そんな不吉な家を選ばれたんですか？　遠くから来た私ならば、お江戸で起きた出来事など何もわかるはずがない、とでも思われたのでしょうか？　田舎(いなか)者の私には、そんな屋敷がお似合いだとでもいうのでしょうか？」

敢(あ)えて責め立てるように言って、駒は目頭に滲んだ涙を拭った。

このお江戸で、あなただけは私の心の拠り所と信じていた。

胸の中でそう呟いた。

両親を相次いで亡くした駒は、あっという間に喰(く)うにも困る身の上となった。

これからいったいどうなるのだろうと夜も眠れずに案じていたところへ、久左衛門から人を通じて嫁入りの話を持ち掛けられたのだ。

梅屋への嫁入りは、駒にとってこの上ない有難い話だった。明日もわからないひとりぼっちの身の上に、お江戸の大店の主人が手を差し伸べてくれるなんて。死んだ両親が駒のことを天から見守ってくれているのかとさえ思った。

身体を動かして働くことは大の得意だ。客あしらいや、銭金の話をうまく運ぶことにも自信があった。

これから夫に、そして梅屋のために一所懸命に尽くそうと胸に誓った。

しかし前の家から久左衛門と共に越してきた梅屋の女中たちは、亡くなった前妻を今でも慕い、姑などもうとっくにいないのに駒のことを〝若奥さま〟なんて呼び方をする。

「おはよう」「おやすみ」「ありがとう」と、駒が張り切って挨拶をしただけで、女中たちはいちいち「きゃっ」と驚いて、大仰に身を強張らせた。島の波音の中で旅の客に呼び込みをしていた駒の大声が、ここでは、はしたない振る舞いだと揶揄されているような気がした。

慣れないお江戸の暮らしに、どんどん気持ちは萎れていった。

江ノ島で毎日くたくたになるまで駆け回っていた暮らしが嘘のように、誰にも会わず外に出ることもなく、日がな一日部屋でぼんやりしていることもあった。

だが、この部屋で久左衛門の顔を見るとほっとした。

口数の少ない久左衛門の横で、今日一日起きた出来事をつらつらと話す。陽のあるうちも部屋からほとんど出ていないのだから、驚くほど代わり映えのしない毎日だ。だが己の心だけは日々さまざまな色を見せる。

そんな駒の想いを、久左衛門は黙って聞いてくれた。

「どうして何も言っていただけないのですか？」

駒は身を乗り出した。久左衛門の顔を覗き込む。

久左衛門が唇を結び直した。答える気はないということだ。

「あなたの胸の内がわかりません」

駒は力なく首を横に振った。

荒波に削られた崖の下から、おーいおーいと空しく助けを呼んでいるような気がした。

裏切られたと思った。ここへ来たのは間違いだったのだ。

ならば私には他にどんな道が残されていたのだろうと思うと、その場で泣き崩れたくなるような寂しさを感じた。

「何もお話しされたくないということでしたら、今宵はお部屋を分けさせていただきます」

駒は喉から声を振り絞るようにそれだけ言って、立ち上がった。

よろける足取りで廊下へ出て、隣にある己だけの小部屋へ向かう。

廊下は真っ暗だ。もちろん己の部屋の中も、身が凍るような真っ暗闇だった。

四

古びた小さな行李の側(そば)から、ここへ来る前に使っていた古い掻巻(かいまき)を引っ張り出した。

掻巻を身体にぐるりと巻き付けて畳の上に直に横になったら、ほのかに暖かい潮の匂いが漂った。

海辺の家で家族三人身を寄せ合って眠った思い出に、ほっと胸が和(やわ)らいだのも束の間。目の前に広がる暗闇は、容赦(ようしゃ)なく駒の身体に刃(やいば)を向ける。

私は大事な人が死ぬ、という悪夢を知ってしまった。

身体中から冷え切った汗が滴(したた)り落ちるのを感じながら、細い息を吐いた。

死はこの世のすべての不幸の源だ。これまで続いてきた日々をぶつりと断ち切り、何もかもを不吉で禍々しいものに変えてしまう。

胸の中で思い返す両親の姿は、痩(や)せ細って死神に憑(と)りつかれた土気色(つちけいろ)の顔だ。ひとり娘の駒のことを大事に育ててくれた、明るく壮健で、いつも頼もしい両親だった。それが二人ともこと切れる前には高熱に浮かされて取り乱し、己の吐いた血に悲鳴を上げて怯(おび)え、まだ死にたくないと幼子のようにさめざめと泣いた。

こんなはずではなかった、と思った。いつも己の胸を温めてくれた大切な人との別れのときが、こんなに惨(みじ)めで苦しく恐ろしいものだなんて。

暗闇に、出会ったことのない、これから永遠に出会うはずもない老人の顔が浮かぶ。

両親と同じように、思いがけず命を絶たれる者の深い無念を皺に刻んだ白髪の男だ。

口からはおびただしい量の血が溢(あふ)れ出す。

ふいに駒はぶるりと身を震わせた。

搔巻から漂うのは潮風の匂いではない。血の匂いだ。目を落とすと搔巻には真っ赤な染みが広がっていた。

搔巻の端に黒い影がある。背を丸めた老人だ。背中には小刀がぐさりと刺さったままだ。犬のような唸(うな)り声は、己の宿命への憎しみに満ちていた。

「いやっ！　やめてっ！」

搔巻を蹴飛ばすようにして飛び起きた。

夢だ。ただの夢だ。

半身を起こした駒は、心ノ臓を両手で押さえた。

この屋敷にいることが怖くてたまらなかった。人が死んだ屋敷。人が殺された場所。不幸の染み付いた不吉なこの屋敷。

襖越しの隣の部屋から寝返りの音が聞こえた。

寝言にしては大きすぎる悲鳴を上げたせいで、久左衛門を起こしてしまったに違いなかった。

駒は金箔（きんぱく）のあしらわれた襖に目を向けた。

この襖を開けて隣の部屋へ飛び込みたかった。幼い頃に祖母の掻巻に潜（もぐ）り込んで朝まで抱いて貰ったように、久左衛門の腕の中で眠りたかった。

けれど――。

駒は顔を歪めた。肩を震わせる。

私はあの人のことがわからない。

駒は己の身体を両腕で抱き締めた。腕にぐっと力を込めると、そのまま紙屑のようにくしゃりと潰れて小さくなってしまう気がした。

五

「あら、若奥さま、こんな早くからお出かけですか。まだお食事も召し上がっていないのに。ちょっとお待ちください。誰かを一緒にやりましょう。道に迷ってはたいへんです」

支度を整えた駒が框（かまち）で草履（ぞうり）を履（は）いていると、女中頭が慌てた様子で声を掛けた。

珍しいこともあるもんだという顔で、余った人手を探すように幾度も背後を振り返る。

普段の駒が寝床から起き出すのは昼近い。女中頭は屋敷の朝の仕事をすべて済ませてから、のんびり駒の部屋に食事を持って行けば良いと思っていたはずだ。

「いいえ、ひとりで平気です。お散歩がてら、波除稲荷（なみよけいなり）神社へお参りに行くだけですから」

江ノ島にいた頃は、どこへだってひとりで行けた。冬の浜辺を力いっぱい走り回ることもできたし、岩屋の崖だってひょいひょいとよじ登った。

ここから波除稲荷神社までは、歩いて四半刻（しはんとき）もかからないと聞いた。子供ではないのだから付き人なぞ必要ない。

もの問いたげな女中頭から逃げるように、表に出た。

少し進んで己の屋敷を振り返る。

薄曇りの空のせいもあってか、一帯がどんよりと灰色に見える。石壁の雨垂れの跡が、黒い涙のように見えた。

ぎゅっと目を閉じて顔を背（そむ）け、早足で進む。

昨夜のうちに小雨が降ったのだろう。足元がひどくぬかるんでいて草履が泥の中にずぶりと埋まった。

お江戸の中でも海辺に近いこのあたりは、海を埋めて作った土地だ。

そのため風の向きがあちこち変わる。大川の流れもほんの僅（わず）かな雨足で急に荒れる。

どこか地に足がつかない危なっかしい場所だ。

それが波除稲荷神社に近づくにつれて、少しずつ足元が落ち着いてくる。

お江戸のそこかしこに神社が造られて華やかな参道ができているのは、お参りに訪れるたくさんの人々に足元を踏み固めさせようとしてのこと、と聞いたことがあるが、そのとおりのようだ。

参道の入口に、店開きの用意をしている途中の水茶屋を見つけた。醬油（しょうゆ）の団子の焼ける香ばしい匂いが漂う。

「こんにちは！　おいしいお団子、おひとついかがですか？」

縁台に赤い布を広げていた若い娘が、駒に振り返って朗（ほが）らかな声を上げた。

おそらくまだ十五、六だろう。この店の看板娘に違いない。若さが弾（はじ）けるようで可愛らしい。

娘の放つ清々（すがすが）しい雰囲気に引き寄せられるように、縁台に腰掛けた。

「さあ、どうぞ。お客さんは、どこからいらしたんですか？」

串に刺さった団子と湯気の立つお茶を差し出して、娘は駒に笑顔を向けた。

「……江ノ島からです」

荷物を背負っているわけではないのに、私はここで旅の人に見えてしまうのだ、と少ししょんぼりする。

「わあ、良いところですね！　とは言っても、私は行ったことはありませんが。旅好きのお客さんは、ここいらは江ノ島によく似ていると仰（おっしゃ）います。海が近いからでしょうかね」

　娘が潮風の匂いを嗅（か）ぐように、鼻をふんふんと鳴らした。

「築地は良いところですよ。皆がのんびりしています。ごくごくたまに物騒な事件もありますが、お江戸の真ん中あたりから比べれば、それはそれは平和なもんです」

　朝早いので店は空いている。娘はまだしばらく気軽なお喋りをしている暇がありそうだ。

「もしかして明石町の事件のこと、ご存知ですか？　ご老人が賊に殺されたとか……」

　駒は意を決して訊いた。

「ええ、もちろんです！　まれにみる大騒ぎになりましたからね！」

　娘が目を見開いた。朝には相応（ふさわ）しくない暗い話のはずなのに、ちっとも恐れずに興味津々（きょうみしんしん）という様子が、いかにも若者らしい。

この娘は、きっとまだ身近な人をやるせない形で失ったことなどないに違いない。

「あそこで殺されたご老人は、源兵衛さんとおっしゃいましてね。浅草の居酒屋さんのご隠居でたいへんなお金持ちでしたよ。明石町のあのお屋敷で年に幾度かたくさんのお孫さんたちを招いて、しばらく過ごすのが決まりになっていました」

娘が盆を胸に抱いて身を乗り出す。

「お孫さんですって？　事件のときには、小さな子がいたんですか？」

嫌な話になるとわかっているのに、耳がぴくりと動いてしまう。

「いいえ、それがね、源兵衛さんが殺されたのは、皆を集める前の日なんですよ。ご自分だけ先に行って屋敷の風通しでも、と思われたんでしょうね。そんなことは使用人に任せておけば良かったってのにねえ」

「それじゃあ、偶然、おひとりであのお屋敷にいたところを？」

子供の前で殺されたわけではないのはまだ良かった。こっそりと息を吐く。

「ええ、そうです。幾月も留守にしていた別宅に久しぶりにひとりで訪れたその夜に、通りすがりの宿なしの男が物盗りに入ったなんて。運が悪いにも程がありますよ」

娘は顔を顰めて首を横に振った。

「通りすがりの宿なしの男、とわかっているということは……」

「ええ、次の朝、血濡れの着物でふらふら歩いていたところを、お上に捕まったんです。幾度も盗みをはたらいて奉公先を追い出された、って小悪党でね。殺すつもりはなかったんだと騒いでいたみたいですけど。間の悪いときってのは、何もかもが良くないほうに転がってしまうんですね。あれっ、お客さんどうされましたか？」

娘が怪訝そうな顔で駒を覗き込む。

「お顔が真っ青ですよ。嫌な話をごめんなさい……」

「い、いいえ。平気です。別に大した話じゃないわ。そのくらいの事件、いくらだって転がっているもの」

作り笑いを浮かべた目の端を、ふいに見覚えのある若い男の姿が横切った。

「おやっ、梅屋の奥さま！　今日は早くから、お稲荷さんへお参りですかい？」

肩に道具箱を載せた、家守の直吉だ。さほど暑くもないのに額に幾筋も汗が流れている。

「梅屋さんの奥さまですって？　こんなお若い方が？　やだっ、どうしましょう！」

娘が顔色を変えた。

老人が殺された不吉な屋敷を借り受けたのが簪問屋の梅屋だということは、このあたりでとっくに噂になっているに違いなかった。

「さ、さっきのお話はどうか忘れてくださいな」

娘はおろおろと取り繕う。

「さっきのお話……ってのは、あのお屋敷の殺しのことですかい？　なんだ、奥さま、こんなところで岡っ引きの真似事（まねごと）なんてしなくたって、俺に聞いてくだされば ほんとうのことを包み隠さず教えましたぜ」

直吉が、けろっとした明るい声で駒に向き合った。

「それに奥さまには、聞いて欲しいことがあったんです」

「もういいわ。ひとりにしてくださいな」

駒は慌てて巾着袋（きんちゃくぶくろ）から銭を取り出して縁台に置く。

この直吉と久左衛門とが二人で企（たくら）んで、駒があの屋敷で暮らすと決めたのだ。

この世のどこに、人殺しのあった家で暮らしたいと望む女がいるだろうか。たとえ大金をやると言われたってまっぴらだと思う女が大半に違いない。

そんな当たり前のことさえわからない、わかったところで大ごとだとは思っていない男たちに、心底腹が立った。

勢いよく立ち上がったそのとき、目の前がくらりと揺れた。

「きゃっ」

ぬかるみに足を取られた。しまった、と思う間もなく頭から倒れ込んだ。額を道端の石にしたたかに打ち付けた。がつんと音がして目から火花が散る。

「わわっ、奥さま！　大丈夫ですかい？」

直吉が素早く駆け寄って駒を抱き起こした。

額を押さえた掌を見ると、そこには真っ赤な血が付いていた。

頭の怪我は、少し切っただけでも驚くほど血が出る。そんなものだ。わかっているはずなのに、全身がぞわっと震え上がった。

「いや、いやよ……」

駒はうわ言のように呟くと、血の付いたままの掌で顔を覆った。頬がべとりと温かく濡れる。

絶望の涙と血の匂い。お江戸の潮風はどこまでも禍々しく駒を追い詰める。

「奥さま、奥さまっ、しっかり！」

直吉が必死で呼びかける声を聞きながら、駒は涙に濡れた目を閉じた。

六

潮が引く。

じっと水面を見つめていると、押しては引く波の動きに合わせてまるで夢のように海の底が現れる。取り残された蟹が慌てて波に乗り、砂の下から貝がぴゅっと水を吐く。

「さあ、きたぞっ！　今だっ！」

浜辺で待ち構えていた旅の人々が、大きな荷物や子供を背負って、軽い足取りで一目散に駆け出した。

「急げ、急げ！　すぐに潮が満ちてくるぞ！」

煽り立てる男たちの声に、旅に燥いだ笑顔が目に浮かぶ。後に続く女子供のきゃっきゃと華やぐ笑い声。

駒は人の群れのいちばん後ろからゆっくりと歩を進めた。

久しぶりの生まれ故郷だ。とはいってもここを出てからまだ一月ほどしか経っていないのに、ずいぶん長い間遠くへ行っていたような気がした。

海の底の砂はみっしりと固い。まるで板の上を歩いているように足元が落ち着く。歩いたところだけが白く色が変わって足跡がつく。

島の海風が勢いよく吹き付けて、おくれ毛を靡かせる。

目を細めて風上に顔を向けると、唇にほんのりと慣れた潮の味を感じた。

島を目指して一歩ずつ歩を進めるごとに、萎れた身体に力が漲っていくのがわかる。

空を飛び交う鳶を見上げる。

ぴーひょろ、ぴーひょろろ。

鍵爪のような嘴と鋭い目には似合わないのんびりした鳴き声に、思わず頬が緩んだ。

島へ上がると、皆は一斉に参道を目指す。

「こんにちは！　こんにちは！　いかがですか！」

呼び込みの声がそこかしこで響いていた。

今は顔見知りには会いたくなかった。駒は顔を隠すように俯くと、人の流れから外れて獣道のような小道を伝って浜辺へ出た。

毎日のように桜貝を拾いに出かけた浜辺だ。

切り立った崖を下りなくては辿り着けない場所だが、駒には、あそこに足を置いて次はあそこに飛び移って……、と、足場がはっきり見える。

難なく浜辺に下り立った駒は、海を隔てた対岸を見つめた。

陸地の浜に、米粒ほどの赤い駕籠が見て取れる。築地から江ノ島まで駒を送り届けるために、久左衛門が用意させた駕籠だ。

駒に帰る生家があったならば、幾日かのんびり羽を伸ばしてくることもできただろう。だが両親はもういない。駒の嫁入りの際に、家族が住んでいた家は別の小間物屋に売り渡した。帰る家はどこにもない。

今日一日、ひとりで江ノ島の風に当たってから、藤沢宿で一泊して戻ることになっていた。

「お駕籠に乗って、江ノ島詣ですって？　まったく、どこのお姫さまかしら」

駒はふうっと大きく息を吐いた。

駒の身体を案じる久左衛門の優しさが胸に迫った。だがそれを素直にありがたいとは思えない己に、胸がささくれ立つ。

だってあなたがいけないのよ。あんな恐ろしい、あんな不吉な屋敷を……。

やめた。今はあの屋敷のことは忘れよう。

駒はぶるりと頭を振ると、気を取り直して浜辺の砂に目を凝らした。

灰色の砂粒の中に、時折ちらりと桜の花弁の大きさの桜貝が混じる。

内側から縁に向かって少しずつ濃くなる桃色の中に、乳の白さと油の膜が瑠璃色の輪を描く。赤ん坊の唇のような、娘の頰のような、何とも可愛らしい貝だ。

手に取ると、ああ宝物を見つけた、と心が躍る。

しばらく何も考えずに桜貝を拾い続けていると、ふと、見られているような気配を感じて周囲を見回した。

気のせいか、と、思ったところで、浜昼顔の咲く道を数匹の猫が連なって上っていく姿が目に付いた。

江ノ島には猫がうじゃうじゃいる。旅人は皆、気がゆったりしているので、猫をいじめる者はまずいないし、釣り人が雑魚(ざこ)を与えてくれることも多い。このあたりの猫たち皆で話し合って、まとまって陸地から海を渡ってきているのではと思うほどだ。

人懐(ひとなつ)こい猫が店先にいれば客引きになると、参道の店の人たちも残り物を与えて可愛がっていた。

ふと、列のしんがりの仔猫の歩き方が少しおかしいと気付いた。まだ生まれて三月ほどしか経っていない瘦せた黒猫だ。左の後ろ脚を失っているのだ。

いくら可愛らしい仔猫でも、獲物を狙う鳶たちは容赦ない。

駒は空を見上げて鳶に目を付けられていないことを確かめてから、思わず猫たちの後をつけた。

猫たちの辿り着いた岩陰には、ひとりの老婆が座っていた。

襤褸(ぼろ)を身に纏(まと)い、顔は垢(あか)で真っ黒に汚れていた。物乞(ものご)いをしながら、世捨て人のように生きている人なのだろう。十匹近い猫たちが甘えた声を上げて老婆の周囲に付き纏い、身を擦り付けている。

「何か用かい？」

老婆が己の胸によじ登る縞猫を抱き締めて、物陰から覗く駒に顔を向けた。老婆が抱いた縞猫の両瞳は白く濁っていた。

「こ、こんにちはっ！」

物音ひとつ立てたつもりはないので、まさか気付かれるとは思っていなかった。どう答えたら良いかわからないまま慣れた挨拶をすると、老婆が何か気付いた顔をした。

「あんた、参道の土産物屋の娘だね。島を出てお江戸に嫁入りをしたとかどうとか……。この子たちから噂を聞いたよ」

老婆がこの子たち、と言って猫を見回した。どこまで正気で言っているのか、さっぱりわからない。

「ええ、桜貝の簪のお店です。江ノ島を出てから、やっと一月ほどになります」

駒は己の手に握ったままだった桜貝を示した。

「早速のお戻りかい？　おっかさんとおとっつぁんは、もう島にはいないだろうに」

老婆が空に目を向けた。駒の家の事情を知っているのか。それとも〝この子たち〟から聞いたのだろうか。

「私には戻るところなどありません」

駒は肩を落として、その場にしゃがみ込んだ。

猫たちが駒に身を擦り寄せてくる。

「あらっ?」

遠くから見たときは可愛らしいむくむくした毛玉の猫たちだった。しかし近づくと、どれもが酷い傷痕があると気付く。中には火傷でもしたのか、毛が半分くらいなくなって皮膚が赤くただれている猫もいた。

優しく撫でてやろうとして思わず躊躇った。

そんな駒の姿を、老婆が可笑しそうに眺めた。

「醜い子たちだろう。こんな姿になっちまったら、いくら人懐こくたって土産物屋の看板猫になんてなれやしないさ。どれほど浮かれた旅の客だって、この子たちを見たらぞくりと興ざめしちまうよ」

老婆は足元の猫を捕まえて、赤ん坊のように横抱きにした。

「よしよし、いい子だ。あんたはいい子だよ」

老婆に頭を撫でられて面倒くさそうに顔を背けた猫の顔は、まるで刃物でざくりと切り裂いたように十文字に抉れている。おそらく仔猫の頃に鳶に嘴で突かれたのだろう。

「婆さまはここで、傷ついた猫たちの面倒をみているんですか？」

ずっと島で暮らしていたというのに。毎日のように浜辺で桜貝を採っていたというのに。すぐ近くの岩陰にこんな老婆がいたことを、駒はまったく知らなかった。

この島に、これほどたくさんの傷ついた猫たちがいたことも知らない。

明るく壮健な者たちが燦燦と輝く日差しの下、華やいだ笑顔で綺麗な簪を買い求めるところ。それが駒の生まれ育った江ノ島の姿のはずだった。

「わざわざ醜い子たちを選んだわけじゃないよ。他に行き場がない子たちが、この婆のところへ流れ着くってだけさ」

老婆は十文字の顔の傷の猫に頰を寄せて、もう一度「よしよし」と愛おし気に呟いた。

七

屋敷の前に駕籠が止まる。

駒は強張った身体をうんっと伸ばしながら、一歩一歩確かめるように地に足を付けた。

こんなに長い道のりを駕籠で運ばれたのは嫁入り以来だ。傍から見ていたときには、駕籠に乗っていればどこまで行っても少しも足が疲れることがなくて、羨ましい限りだと思っていた。だが、狭い箱の中に半日近く閉じ込められるのは気が詰まる。それにずっと揺られていたせいで眩暈もする。

駒は外の暖かさに比べて氷のように冷たくなった指先を擦り合わせた。

「おかえりなさい、奥さま。里帰りはどうでしたか？　ずいぶん顔色が良くなりましたね。己が生まれた場所の水は命の水になる、ってのは、ほんとうなんですねえ」

振り返ると、門のところで絆纏股引き姿の直吉が、両手を腰に当てて待ち構えていた。

「顔色が良いですって？　あなたにはそう見えるのね」

うっとおくびが出そうになるのを抑えて、駒は息を吐いた。

「おっと、さては駕籠酔いですかね。無理もありませんや。お駕籠なんてのは、生まれたときからずっと乗せられているような御身分じゃなけりゃ、乗れたもんじゃねえです。てくてく歩いたほうがずっとましでさ。もっとも、ここの旦那さまは生まれつきお駕籠に乗るような暮らしをされていたから、大事な奥さまに良かれと思ってやったに違いないんでしょうがね」

「良かれと思って……ね」

築地に戻ってきてしまった。これからまたこの屋敷で暮らさなくてはいけないのだ。

旅の間は離れることができていた重苦しい気持ちが、水に墨をぽたりと落としたように再び広がっていく。

「話があるんです。少し気分が良くなるまで、一緒に大川の風に当たりませんかい？　駕籠酔いなんてもんは、己の足でしっかり歩けるって身体に教えてやれば、すぐに治っちまいますよ」

直吉が己の太腿をぴしゃりと叩いてみせた。

駒のほうもこのまま吐き気を堪えて屋敷に戻る気分にはなれなかった。のろのろと覚束ない足取りで、屋敷のすぐ裏手の土手を上る直吉の後に続く。

今日の大川は穏やかだ。折れた木の枝や朽ちた葉っぱが、濁った湯に浸かっているようにゆらゆらと流れていく。

「梅屋の話をしてもいいですかい？　奥さまには、少々胸が騒ぐ話かもしれねえですけれど」

「胸が騒ぐ、ですって？　変な言い回しを使うのね」

駒は小首を傾げた。

「前の奥さまの話でさあ」

ああそうか、と胸が冷えた。あの女のことだ。久左衛門に江ノ島土産の桜貝の簪を贈られた、火事で命を落とした、女中たちに今も慕われ続ける、梅屋の〝奥さま〟のことだ。

「いいわ。話してくださいな」

わざと何でもないふうを装うとしたら、明らかにこの場にそぐわない明るい声が出た。

直吉は済まなそうに肩を竦めてからこんな話をした。

久左衛門の前の妻は遠縁の娘で、久左衛門より二つ年上の姉さん女房だったという。とても気のしっかりした頼もしい女で、久左衛門の身の回りのことはもちろん、梅屋の金勘定や使用人たちの采配もすべてこなしてしまう。何でも己でできてしまう強さがありながら情に厚くて涙脆いところもある。商売相手には信頼されて、下の者には慕われる、非の打ちどころのない女主人だった。

「とっくに知っていたわ。島育ちの私なんかには到底敵いっこない素敵な方だってね」

駒は唇に力を込めて嘯いた。

「けれどね、悲しい出来事が起きちまったんです」

直吉が肩を落とした。

夫婦の屋敷は、元は梅屋の店からほど近い四谷にあった。

ある日、近所で火事が出た。風の強い日だったため火はみるみるうちに一帯を焼き尽くし、梅屋の屋敷まで燃え広がった。

「前の奥さまは、何よりも先に使用人たちを外へ逃がしたんです。使用人の中に、数日前に奉公人として預かったまだほんの子供みたいな小僧がいましてね。這う這うの体で皆が屋敷から外に出ることができたってのに、あの方は、小僧が見当たらないと言って、旦那さまの腕を振り払ってひとり炎の中に戻られたんです」

「使用人を助けるために亡くなったの？」

「へえ、小僧は炎に怯えて部屋の隅でぴいぴい泣いていたらしいんです。しっかりあの方に抱きかかえられるようにして、かすり傷だけで戻ってきましたよ。ですがあの方は酷い火傷を負った。医者が手を尽くしても、それきり目覚めることはなかったんでさあ」

「……そう。とても悲しいことですね」

そんな話を聞かされて、私はいったいどうすれば良いのだ。梅屋の皆の心に、前の妻の存在は燦然と輝き続けている。後からやってきた己がどれほど良く振る舞おうとしても、決して足元にも及ばない。

「それから旦那さまは、ずいぶんと気落ちしちまいました。眠ることもできず喰うことも拒み、前の奥さまの後を追う、ってところまで追い詰められちまったんです。そしてついにひとりで海へ向かわれたのさ。時折、貝細工の仕入れに行く土産物屋の近くに、切り立った崖があったのを思い出してね」

「貝細工？　もしかして江ノ島へ？」

直吉が頷いた。

「旦那さまは、そこで奥さまに会ったと言っていました」

「覚えていないわ」

駒はすぐに答えて、大きく首を横に振った。

「参道をふらふらと歩いていたら、奥さまの声が聞こえたってね。荒れる波の音をものともしない明るい大声で、こんにちは、こんにちは、って呼び込みをしていた。生きる気力に満ち溢れて、希望に満ち溢れて、一所懸命に働いていたと。親から貰った命を粗末にしようとしていた己のことが恥ずかしくなるような、曇りのない笑顔だったと」

「あの人が、そんなことを言ったの？」

久左衛門がいったい駒のどこを気に入ったのか、これまで考えてみたこともなかった。

心優しい久左衛門は、両親を一度に亡くした身の上を不憫に思ってくれていたのだ、なんてまるで幼い娘のような解釈さえしていた。

「旦那さまは奥さまにとっていちばん心地良い屋敷を探すよう、俺に命じたんでさあ。少しでも奥さまが気を楽に過ごすことができるようにと、広くて風が通って手入れの行き届いた、江ノ島の光景に近い水辺の屋敷を……」

「でも、人が殺されたのよ。不吉だわ。きっと殺された人の恨みがこの屋敷に残っていて、住む人を呪い殺す幽霊が出るに違いないわ」

悪夢に現れた恐ろしい老人の姿が、再び胸に蘇る。

己の血をべっとりと浴びてぎらつく目で己の宿命に苦悶する、この屋敷に巣喰う怨霊だ。

こんな屋敷で暮らしていては、いつかはあの幽霊に憑り殺されてしまう。

「幽霊ですって？　そんなものはどこにもいやしませんよ」

直吉が、憤る駒を窘めるように小さな笑顔を浮かべた。

「そ、そりゃ、あなたはそう言うでしょうね。人殺しのあった屋敷を、平然と、ご夫婦の新居にぴったりです、なんて貸し出そうとする阿漕な家守なんですから」

「いや、俺は止めたんですぜ。この屋敷は確かに素晴らしくいいところさ。けどね、やはり一度何があったか知っちまったら、気分良く過ごせるもんじゃありません。亡くなった家主さんのご家族とも、屋敷を取り壊して腕っぷし自慢の男たちが暮らす長屋にするのが良いですかね、なんて話し合っていた矢先のことでした」

「ならばどうして」

「旦那さまはきっぱりと言ったんでさ。『幽霊なんていない』ってね」

直吉の声が低く強く響いた。

「この世には、幽霊なんていない、死んだ者は二度と現れない。命が消えてしまえばそれで終わりだ。生きている者は、決して死者の魂と交わることはできない。私はそれを知っていると」

憔悴しきった足取りで江ノ島の参道をとぼとぼと進む、久左衛門の背中が脳裏に浮かんだ。

懐には梅屋の先行きを丹念にしたためた遺書を忍ばせて、華やいだ笑顔の旅人の間を縫うようにして、切り立った崖を目指す久左衛門。

かつて亡き妻への土産を買い求めた貝細工屋の前で、ふと足を止める。

思い出したのはしっかり者の女房に支えられて、ただ己の仕事に懸命に励んでいた頃の幸せな日々だったのだろうか。

久左衛門は、幾度となく妻の亡霊に会いたいと願ったに違いない。どんなに恐ろしい姿になっていても構わないから。言葉を交わせなくても良いから。目の前にもう一度現れて欲しいと願ったに違いない。

　両親を失った駒自身がそうだったように――。

「手入れが行き届いた良い屋敷ではないか。よほどここで過ごすときを楽しみにされていたのだろう。取り壊してしまうなんて、ここで亡くなったご老人が気の毒だ。――旦那さまはそう言っていましたよ」

「ご老人が気の毒、ですって？　そりゃ確かに、お亡くなりになったことは気の毒だと思うけれど……」

　なぜか〝殺された〟という強い言葉を使うのは躊躇われた。

「そうでさ。そんなことを言った人はあの旦那さまが初めてでさ。家主のご家族も、とても喜んでいましたよ」

　直吉は「おっと、駕籠酔いはすっかり治ったみてえですね」と、駒の顔を面白そうに眺めた。

八

「おやすみなさい」

　駒は固い声で言って久左衛門の横の布団に潜り込むと、くるりと背を向けた。

夫婦の寝室には、行燈の灯がひとつだけ消されずに残っていた。

「……江ノ島に変わりはなかったか？」

背中越しに声を掛けられて、少し驚いた。久左衛門のほうから駒に話しかけることは珍しい。

「ええ、久しぶりの島の潮風に気が晴れました。どうもありがとうございます」

気が晴れたにしてはずいぶんぶっきらぼうな口調だ、と思いながら、駒は行燈の灯を見つめながら答えた。

「……そうか」

久左衛門はそれきり黙り込んだ。幾度か寝返りを打ってから、深い寝息に変わる。

駒は掻巻を鼻のあたりまで引き上げて、ぎゅっと目を閉じた。灯しっぱなしの行燈のせいで、瞼の向こうがずいぶん明るい。目元の血潮の紅い網目が広がる。

取り壊してしまうなんて、ここで亡くなったご老人が気の毒だ――。

疲れ切っているのに寝付けない頭で、昼に直吉から聞いた言葉をぼんやり思い出す。

ふと冷たい風が頬を揺らした気がした。行燈が点いているのを気にして、女中がこっそり入って来たのだろうか。

そのままにしておいてくださいな、という言葉が喉元まで出かかって目を開けた。

そこには血濡れの老人がいた。

小刀で背を刺されて、畳の上で倒れている。

老人はゆっくり顔を上げると目をぎょろりと動かして、駒の顔を睨(にら)みつける。顔の深い皺の一本一本に血が滴る。顔色は行燈の朧(おぼろ)げな光でも、紙のように真っ白だとわかる。右の頬にある大きな黒子(ほくろ)が、かつて壮健に生きていた痕跡(こんせき)のようで生々(なまなま)しかった。

こちらをじっと見つめる老人の両目は血で濁っていた。

強い潮の匂いが漂う。涙の匂い。血の匂い。江ノ島の潮風の匂いだ。

はっと気付く。

この老人の目と同じものを見た。江ノ島の浜辺にいた醜い猫たちの目だ。

「よしよし」

傷ついた猫を抱く老婆の声が蘇る。

「よしよし、あんたはいい子だよ」

十文字に切り裂かれた顔で、うっとりと老婆に身を寄せた縞猫の姿。

「……よしよし、あんたは、いい子だよ。あらっ、ごめんなさい」

思わず口から流れ出した言葉は、幽霊といえども、さすがに目上の老人に言い放つには失礼だ、と口元を押さえる。

と、駒の胸に暖かい波がふわりと広がった。

「……行き場がないのですね。私も同じです」

駒は畳の上に転がった人影に、勇気を振り絞って声を掛けた。

こんな恐ろしい幽霊なんてすぐに目の前から消えて欲しい。けれど、まだあとほんの少しだけここに留まって欲しいと思った。

「どうぞここでお休みください。どうぞゆっくりと、このお屋敷で……」

駒は震える両掌を強く握り締めた。

私はいったい何を言っているんだ。二度と私の目の前に現れないでくれ、と言わなくてはいけないはずなのに。

「このお屋敷は、とても心地の良いところです。大川の流れが目の前に広がり、気持ち良い風が吹き抜けて。人も皆、ゆったりのんびりしています。日々の疲れが癒される、落ち着いた素敵なところです」

私はほんとうにそんなことを思ったことがあっただろうか。いつだって江ノ島と築地の違いばかりを比べて、気を細らせていたはずだ。己がそうしているのと同じように、女中頭をはじめとする梅屋の人々も、駒のことを前の妻と比べているとばかり思い込んでいた。

「どうぞここで楽しくお過ごしくださいな。きっとこの屋敷には良いことが起きますよ。そうに違いありませんとも。そうでなくっちゃなりません！」

血だらけの老人の姿が幻のように掻き消えた。

真っ暗闇に、ゆっくりと光が広がった。

いつの間にか障子が開け放たれて、中庭に明るい陽が差していた。

鳥の囀り。庭の池で鯉がとぽんと跳ねる水音。

縁側にひとりの老人が座って、団扇でゆったりと己を扇ぎながら庭を眺めていた。

白髪頭に黒羽二重姿のいかにもお金持ちのご隠居さん、といった様子だ。

長い煙管を手に取って、煙草を美味そうに吸う。黒子のある頬を人差し指でぽん、ぽん、と叩くと、口から煙の輪っかがいくつも立ち上った。老人の脇には子供が遊んだ後の、少々くたびれた紙風船が落ちている。

老人はふと名を呼ばれたように振り返ると、穏やかな顔で駒に向かって頷いた。

九

変な夢を観た。

駒は身体を起こして寝室を見回した。

日の差す障子の向こう側の廊下を、女中たちが早足で進む。隣の久左衛門の布団は綺麗に片付いていた。いつものように朝早くに起きて、店に出たのだろう。

部屋の隅の行燈は、いつの間にかきちんと吹き消されていた。

「ねえ、誰か来てくださいな」

駒が少し大きな声を出すと、廊下を進む足音が聞こえて障子が素早く開いた。

「おはようございます。若奥さま。今朝は早いお目覚めでございますね。何か御用でございましょうか？」

女中頭が前掛けで手を拭きながら首を傾げた。炊事を途中で切り上げて、すっ飛んできたのだろう。

「部屋の掃除をしたいの。手伝ってもらえるかしら？」

「へえ、お掃除でしたら、わたくしどもが後ほどまとめて仕上げさせていただきますが……」

「迷惑じゃなければ、私にやらせてくださいな」

駒が身を乗り出すと、女中頭が不思議そうな顔をした。

「いえいえ、ちっとも迷惑なんかじゃありませんがね。ですが、若奥さまは昨日やっと江ノ島からこちらに戻られたばかりでしょう？　お疲れのところで無闇に動き回ってはお身体に障りはしないかと思いまして」

駒は思わずぷっと吹き出した。

「あのくらいじゃあ、疲れやしないわ。私にも何かさせてくださいな」

私は切り立った崖だってものともしない島育ちだ。

「へえ。まあ確かに、お若いのにずっと部屋に籠っていらっしゃるというのは、あまり楽しいもんじゃございませんからねえ」

女中頭は奥へ引っ込むとすぐに箒と塵取り、雑巾に水桶を持ってきた。

「こちらでよろしいでしょうかね。くれぐれもご無理はなさらないでくださいよ」

「ええ、ありがとう」

障子を開け放って寝室の中を箒で掃いた。お日様の陽差しが届かない、行燈の灯が届かない部屋の隅の隅まで丹念に掃く。

隣の己の部屋との間の襖も開け放ち、同じように掃き清めた。

じゅうぶんに埃を払ったところで、雑巾を固く絞って縁側へ出た。

身を屈めて力いっぱい雑巾がけをしていると、水を吸った床板からどこか林の中を思わせる清々しい木の匂いが漂った。

雑巾を見ると真っ黒に汚れている。

「ここいらは海が近いですからね。風の強い日は潮が飛んでくるので、いくら拭き掃除をしても汚れやすいんですよ」

横で一緒に雑巾がけをしていた女中頭が、決まり悪そうに言った。

「ええ、よく知っています」

駒は庭に目を向けてにっこりと微笑んだ。この屋敷は、縁側に出ると大川の流れる音が聞こえるのだと気付いた。

「江ノ島もそうでした。特に大変なのは洗った着物を乾かすときです。風の向きが変わると、せっかく綺麗にしたはずがあっという間に潮だらけになって色まで変わってしまうんですもの。私、おとっつぁんの藍色の小袖を、幾度、蛙みたいな緑色に変えてしまったかわからないわ」

駒がおどけて言うと、女中頭がくくっと笑った。

「つい先日、若奥さまと同じような失敗をした若い女中がおりますよ。王子村から奉公に来た娘なので、潮風を知らなかったんでしょうね。旦那さまにはとても寛容に許していただきましたが、まさか色褪せた着物を着てそのままお店に行こうとされるとは思いませんでした。慌ててお止めしなかったらどうなっていたことやら……」

「まあっ」

着物の色褪せを少しも気にしないだなんて、いかにも久左衛門らしい、と思うと笑みが込み上げた。

女中頭とこんなふうに面と向かって話すのは初めてだった。

言葉の強い刺々しい人とばかり思っていたが、向き合って喋ると、驚くほど気さくな女だ。若奥さま、という響きにも、まるで年の離れた姪っ子を可愛がっているような親しみを感じた。

私はここの皆のことを、無闇矢鱈に怖がっていただけなのだ。

「あなたは、このあたりの生まれなの？」

「ええ、同じ鉄砲洲の、本湊町の渡し場の近くです。旦那さまのお引越しのお陰で、老いた親の近くで暮らすことができて助かっておりますよ」

女中頭が人懐こい笑みを浮かべた。

「ならば、教えてくださいな。このお屋敷の前のご主人、源兵衛さんのことを」

「へっ？　そ、それは……」

女中頭の顔がぴくりと引き攣った。まずい、と心ノ臓が冷や汗を掻いているのがよくよくわかる表情だ。

「源兵衛さんのお孫さんは、おいくつくらいでしょうか？　今はもう、このあたりに遊びに来ることはないのかしら？」

駒は女中頭の顔を覗き込んだ。

「孫……ですって？　ええ、いらっしゃいましたよ。源兵衛さんの長子と次男の家に、十にも満たない可愛い盛りの子が、それぞれ三人ほどね。昔は皆で連れ立って、そこいらでよく遊んでいらっしゃいました」

女中頭が、駒がどこまで知っているのか探り探り、という様子で大川のほうを指さした。

「もしも姿を見かけたら、声を掛けてあげてくださいな。ぜひこのお屋敷に遊びにいらしてください、ってね」

女中頭の顔をまっすぐに見て、ゆっくりと念を押す。

「へ、へえ。大きい子は、幾度かこのあたりでぶらぶらしているのを見かけたことはありますがね……」

女中頭がひどく困惑した顔をした。

「それとね、もう一つだけ聞かせてくださいな」

「な、何でしょう？」

女中頭が親指で額の汗を素早く拭いた。

「源兵衛さんっていうのは、お顔に黒子がありましたか？　右の頬に、大きな黒子が」

駒が己の頬を指さすと、女中頭の目が大きく見開かれた。

「若奥さま、どこでそれを……」

女中頭が庭の鯉のように口をぱくぱくさせた。

「ありがとうございます。やはりそうでしたか」

夢ではなかったのだ。

あの老人はここに現れた。そして――。

駒は小さく首を横に振って、部屋の中を見回した。

この部屋に運び込んだたくさんの行燈は、暗くなるまでに元のところへ戻しておかなくては。きっとこの行燈を貸し出してくれた女中たちは、夜に明かりが採れずに困ったに違いない。

老人は、この縁側でのんびり過ごして帰っていった。孫たちとの楽しい思い出の残る屋敷でどうぞ良い時を過ごしてくれと、駒に微笑みかけて去っていったのだ。

外で二匹の蝶が戯れるように飛び交う。鹿威しのこつん、こつんという清々しい音。青空に、ぴーひょろろと呑気な鳶の鳴き声。

築地の潮風を大きく吸い込むと、駒の身体に甘く懐かしい香りが満ちた。

紅葉の下に風解かれ

廣嶋玲子

一

ここはお江戸の下町。貧乏長屋がずらりと並び、庶民達が朝夕にぎやかに暮らしている。やれ、こっちの棟で夫婦喧嘩（げんか）だの、それ、あっちの便所で子供が落ちただの、誰それの今夜のおかずはめざしだのと、暮らしの全てが筒抜け。なにしろ、壁板の薄さには定評があるのだ。

そんな長屋の一角に、少年弥助（やすけ）は住んでいた。家族は養い親で、全盲の按摩（あんま）の千弥（せんや）一人。

千弥は、見た目はとにかく若々しく、そしてとにかく美しい。白皙（はくせき）の美貌（びぼう）は曇ることのない月のようで、近づきがたいくらいだ。まったく年をとらない様子から、太鼓（たいこ）長屋の観音様（かんのんさま）だのと、長屋の住民達に密かに人外（じんがい）扱いされている。

だが、実を言うと、それは的を射ていた。千弥の正体は、白嵐（びゃくらん）という大妖で、かつて罪を犯し、人界に追放されたものだったからだ。

その養（やしな）い子である弥助はれっきとした人間で、千弥の正体を知ることもなく育てられていた。が、昨年の秋以来、妖怪達と深く関わるようになった。とある事情で、妖怪うぶめに借りを作り、その手伝いをするようになってしまったのだ。それは、夜な夜な妖怪の子を預かり、世話をするというものだった。

つまり、妖怪の子預かり屋となったわけだ。

最初は嫌がっていたものの、弥助は徐々に役目に慣れていき、今ではすっかり妖怪達とも顔なじみ。それをいいことに、妖怪達も何かというと弥助のもとを訪ねて来ては、おしゃべりを楽しんでいく。


さて、夏の暑さが退き、秋が来た。涼しい風が吹き渡るようになり、木の葉はほんのりと色づきだす。まもなく、あちこちで紅葉狩りができるだろう。楽しみだ楽しみだと、江戸の人達は心待ちにしていた。

だが、太鼓長屋の少年、弥助にとって、秋の楽しみは別にあった。栗拾いだ。あちこちの雑木林には、栗の木もかなり生えている。毎年どっさり拾っては、茹で栗、焼き栗、栗おこわと、栗づくしを堪能するのだ。

今年も秋の気配がし始めると、弥助はあちこちの雑木林に出向いては、栗の実り具合を調べるようになった。

ところがだ。調べれば調べるほど、弥助の顔は冴えないものとなっていった。

とうとう「今年はだめだ」と、弥助は千弥に言った。

「今年の栗は不作みたいだよ。全然実ってないんだ。みんな、青いうちに落ちちまったみたいでさ」

「ああ。今年の夏は嵐がずいぶん多かったからね」

「う〜。今年は栗づくしはなしかぁ」

しょんぼりする弥助に、千弥は、

「栗はなくとも、好物はいくらでもあるだろう？　かわりに銀杏はどうだい？　芋も好きだろう？　今度、いくらでも買ってあげるから」

と、一生懸命慰めた。

だが、弥助の顔は晴れなかった。

ただ栗が食べたいというだけではないのだ。

秋の気配のする林の中で、宝を探すように落ち栗を探し、下駄でいがを踏んで、中身を取る。だんだんと、背中の籠が重くなっていくのが嬉しくて、楽しくて。

今年はそれが味わえないと思うと、憂鬱な気分になった。

その夜、やってきた玉雪は、いつになく元気のない弥助を見て、目を見張った。

「まあ、どうしたんです、弥助さん？」

玉雪は白兎の妖怪だ。人の姿でいる時は、色白のふっくらとした女に化け、柿色の着物を好んで着る。

毎晩のようにやってきては、妖怪の子預かり屋を手伝う玉雪は、千弥に負けぬほど弥助に甘い。今回も、おろおろと弥助にかまい始めた。

「そんな顔をするなんて……何があったんです？　あたくしにできることなら、なんでもしますから。あのぅ、なんでも言ってください」

「ち、違うよ。そんなたいそうなことじゃないんだって。ただ、今年は栗拾いはできそうにないなって、ちょっと残念に思ってただけだよ」

「栗、拾い？」

　玉雪はきょとんとした顔をした。

「なぜ今年はできないんです？」

「だって、今年はどこも栗が不作じゃないか」

「……どこもってわけではないです。実っているところには、あのぅ、ちゃんと実ってますよ」

「えっ、うそ！　どこ？」

　思わず弥助は色めきたった。それを感じ取り、千弥もすぐさま反応した。殺気だった様子で、玉雪に迫ったのだ。

「そこはどこなんだい、玉雪？　じらさず、とっとと教えるんだ」

「あい。あのぅ、あたくしの栗林です」

「玉雪さんの？」

「おまえ、そんなもの、持っているのかい？」

驚く弥助達の前で、こくりと玉雪はうなずいた。

翌日の早朝、玉雪が手配してくれた風翁に運ばれ、弥助は江戸から遠く離れた山へとおろされた。

見事なまでに山深い場所だった。運ばれてくる時に、いくつの山を越えたか、思い出せない。うっそうと茂った木立は、強い山の気と、落ち葉の湿った匂いに満ちていた。

夕暮れにまた迎えに来ると言い残し、風翁はぴゅっと去っていった。

弥助は玉雪を振り返った。

「すごいとこだね」

「あい。ここはもう、あのぅ、お江戸とは違いますからねえ」

そう答える玉雪は、子牛ほどもある大きな白兎の姿になっていた。まだまだ妖力が弱いため、日があるうちは人の姿を保てないのだという。そのふくふくの体をゆらすようにして、玉雪は言った。

「栗林までは少し歩かないといけないんですけど、あのぅ、いいですか？」

「もちろんだよ！　山歩きも楽しいしさ！」

「それじゃついてきてください」

玉雪のあとについて、弥助は歩き始めた。

秋の山を歩いていくのは楽しかった。目に映るのは、鮮やかな金や赤、黄色に移り行く緑。まるで錦そのものだ。頭上だけでなく、足元にもその錦は広がってい
て、踏んでいくのが惜しいほどだ。

また、あちこちのつるからはあけび、野葡萄、からすうりが垂れ下がり、地面にはころころとどんぐりが散らばっている。それらに、鳥や山の獣がむらがってい
た。少しでも冬の間の蓄えを集めようと、みんな必死の様子だ。

よほど秋のごちそうに夢中になっているのか、それとも人間というものを見たことがないのか。弥助がそばを通っても、獣達は逃げもしなかった。

すごいところだと、弥助はまた思った。ここでは自分がよそ者。他人様の庭にお邪魔させてもらっているのだと、つくづく感じた。

そうして小半刻ほど歩き続け、ついに栗林へと辿りついた。

うわっと、弥助は歓声をあげた。

そこら中に太い栗の木が生えていた。天をおおうように、それぞれがたがいに枝を伸ばしている。その真下には、大きな栗のいががごろごろと落ちていた。下駄でそれを踏みつければ、赤子のこぶしくらいもある栗の実が飛び出てきた。つやつや

と光沢も美しい、秋の実り。

興奮で弥助は息が詰まった。

こんなにたくさんあるなんて。

「い、いいの？　これ拾っていいの？」

「もちろんです。たんと拾ってってくださいな。あたくしは、あのぅ、ちょっとはずしていますから。もちろん、遠くへは行きませんから。何かあったら呼んでください」

「わかった」

ほとんど上の空で、弥助は答えた。足元に散らばっている栗の実に、気もそぞろになっていたのだ。

玉雪が去る姿を見届けることもせず、弥助は栗を拾いだした。いがを踏みつけ、飛び出してきた実を、あるいはすでに落ち葉の上に転がっていたものを、持ってきた背負い籠に放りこんでいく。

前に進めば進むほど、おもしろいように栗が見つかった。どれも立派なやつばかりだ。大きな籠がどんどんいっぱいになっていく。

弥助はほくほく顔だった。

帰ったら、まずは焼き栗にしよう。ぱんと弾けた熱くて甘い実を、ふうふうしながら頑張るのだ。翌日は栗おこわだ。米に皮をむいた実をどっさり入れて、だしと酒を足して炊けば、風味も豊かなごはんとなる。ああ、考えるだけで、よだれが出そうだ。

　こんなに採って、欲張りすぎだろうか？　いやいや、そんなことはない。多くて困ることはない。なにしろ、弥助のもとには夜な夜な子妖怪達がやってくる。その子妖怪達にも、栗のごちそうをふるまってあげよう。きっとみんな喜ぶだろう。そう。みんなのためにも、たくさん拾っておかなくては。

　そんな言い訳をしながら、弥助は拾い続けた。

　そのうち、栗林の端へとやってきた。小川を挟んだ向こうに、小さな寺があった。寺といっても、ひどい荒れ寺だった。もう長いこと人が住んでいないのは一目瞭然で、苔むした屋根には大穴が開き、柱は虫食いでぼろぼろ、しっくいの壁は今にも朽ちてしまいそうなありさまだ。

　この寺はまもなく山に呑みこまれるだろう。山の中に溶けていき、一部となってしまうだろう。

　そんな寺の前に、玉雪がたたずんでいた。何をするわけでもなく、ただじっとうずくまり、寺と向かいあっている。

　一瞬声をかけようかとも思ったが、弥助は黙って栗林に引き返すことにした。玉雪の邪魔をしてはいけないと、なんとなく思ったのだ。

その日の夕暮れ、玉雪と大量の栗と共に、弥助は太鼓長屋の千弥のもとへと戻った。喜びで顔を火照らせ、興奮気味に今日の大収穫の話をする養い子に、千弥も嬉しげに口元をゆるませた。

その和らいだ表情のまま、千弥は玉雪に向き直った。

「世話になったね、玉雪。礼を言うよ」

「と、と、とんでもないです」

玉雪はぎょっとしたように、ぴょんと跳び上がった。

普段の千弥は、弥助以外の相手にはめったなことでは微笑まず、冷たく顔を固めている。弥助専用のはずの微笑みを向けられて、玉雪が大いに焦るのも無理はなかった。

「あのぅ、あたくしの栗林を弥助さんが喜んでくれれば、あのぅ、あたくしもすごく嬉しいですし」

「あ、そのことなんだけどさ」

弥助が声をあげた。

「あの栗林って、いったいどうして玉雪さんのものになったんだい？」

あやかしである玉雪があんなものを所有している。そのことがどうにも腑(ふ)に落ちなかったのだ。

「そうだね。私も知りたいところだ。小妖(こよう)のおまえが、どうしてそんなものを持っているんだい？」

弥助達の問いに、玉雪は微笑んだ。

「正真正銘(しょうしんしょうめい)、あたくしのものですよ。あのぅ、ちゃんといただいたんです」

「誰に？」

「前にあの山にいた人に」

心なしか、玉雪の声がしっとりした。

弥助はぴんとくるものがあった。

「……もしかして、その人、あの寺に住んでたのかい？」

「見たんですか？」

玉雪はまた微笑んだ。今度は悲しげな笑(え)みだったので、弥助は動揺した。

「ご、ごめん。見ちゃいけないって、わからなかったから」

「いえ、別に見られて困るようなものでは……あのぅ、聞きたいですか？　あたくしがあの栗林をもらったいきさつを？」

「……それって、玉雪さんにとって、悲しい話なんだろ？　だったらいいよ。話したりしたら、玉雪さん、きっとつらくなるだろうから」

弥助が言うと、感心したように千弥が声をあげた。

「おまえはなんて優しい子なんだろうねぇ」

「や、やめてよ、千にい！　撫でてくれなくたっていいから！」

「いいじゃないか。昔は頭を撫でられるのが、あんなに好きだったじゃないか」

「いつの話だよ、それ！」

じゃれあう二人の姿を、玉雪は優しい目で見ていた。そして、こくんと、うなずいたのだ。

「やっぱりお話ししますよ」

「いいの？　ほんとに？」

「あい。あのぅ、よければ、あたくしの昔話に付き合ってくださいな」

玉雪は静かに話し始めた。

二

その時、玉雪は焦れていた。荒んでいたとさえ言えた。

（どこにいるの？）

悲痛な呼び声を幾度放ったことだろう。だが、それに答える者はない。

昼も夜も、頭に浮かんでくるのは、一人の男の子の姿だ。くたびれた着物を着て、日に焼けた肌をした、笑顔のかわいい男の子。名は智太郎（ともたろう）。

ああっと、玉雪は目を閉じた。

玉雪は霊山に生まれた。清らかな大気と水に育（はぐく）まれたため、またその白い毛並みを山神に愛（め）でられたため、普通の兎よりもずっと長い寿命を与えられた。

だが、それは過去の話。今の玉雪は、あやかしとなっていた。霊獣（れいじゅう）にあるまじき妄執（もうしゅう）に囚（とら）われ、それに囚われたまま生来の命が果てたせいだ。

だが、日の光におびえ、夜の闇の中でなければ、自由に動けぬようになってしまった我が身を、玉雪は嘆きはしなかった。望みを叶（かな）えるためならば、どんな闇へも堕（お）ちていく。すでにその覚悟はできていた。

その望みとは、「智太郎を見つけ出したい」という妄執に他ならなかった。

罠（わな）にかかってもがいていた自分を助けてくれた子。命の恩人にして、「玉雪」という名を与えてくれた人の子。かわいくてかわいくて、大好きだった。なのに、自分はその子を守りきることができなかったのだ。

（あの日、あたしがもっとしっかりあの子を運んでいれば……）

あの日とは、智太郎とその母親が深い山中で魔物に襲われた日のことだ。

智太郎の母親は我が子を助けるため、自らおとりとなり、そして食われた。

玉雪は智太郎を逃がそうと、必死で引っ張った。だが、子供は重く、途中で川に落としてしまったのだ。

斜面を落ちていった時の、子供のひきつった真っ青な顔が、目に、心に焼きついてしまっている。繰り返し繰り返し、玉雪の胸をえぐる思い出だ。

どうして、もっとしっかり襟をくわえていなかったのだろう？　なぜ落としてしまったのだろう？

あの日以来、玉雪の心は血を流し続けている。

だから、捜した。落ちてしまった智太郎を、捜し続けた。川の流れに沿ってひたすら走り、爪が全部割れて、四肢の先が紅に染まっても、捜すことをやめなかった。食べることや水を飲むことも忘れ、目がかすみ、体が泥のように重く動かなくなり、そして……。

小さな闇の眷族として、ふたたび玉雪は生まれおちたのだ。

あやかしになってからも、玉雪はひたすら智太郎を捜し続けた。恐らく生きてはいないだろう。だが、きっと魂はこの世にとどまっていよう。骸のそばで、途方にくれているに違いない。あの子はあんなにも小さくて、あんなにもおびえていたのだから。

自分があやかしに変化したように、あの子もまた迷えるものになっているはずだ。

玉雪は確信めいたものを感じていた。

だから見つけたい。見つけて、今度こそ守り、温めてやりたい。ずっと寄り添い、傷ついた魂を癒してやりたい。

その想いに駆り立てられ、玉雪は動き続けた。

だが、いまだに見つからない。

玉雪は、もしやと思うようになった。

これだけ捜して見つからないということは、もしや、あの子は生きている？

そんなはずはないと思ったが、一度芽生えた希望の芽は摘み取ることができなかった。

玉雪は、捜し方を変えた。それまでは「必要がない」と避けていたあやかしどもの集まりに加わり、耳をそばだて、彼らの話を聞くようになった。

あやかしどもは意外にも噂好きで、方々から話を仕入れてくる。その多くはただの噂、あるいは笑い話だったが、玉雪は辛抱強く耳を傾け続けた。そしてある夜、不思議な話を聞いたのだ。

西の深き山の中に、闇に穢された人の子がいる。

その一言に、どくんと、胸が高鳴った。何かがひっかかったのだ。話を仕入れてきた水妖(すいよう)に、玉雪は食い下がって詳細を聞き出した。その子供は、十歳くらいの男の子で、たった一人で山の荒れ寺にいるのだという。背負った闇の穢れがひどく、人はおろか、鳥獣もその山には近づかないのだとか。

行かないほうがいいと、水妖は濡(ぬ)れた目をしばたたかせ、忠告してきた。

「あれは良からぬものじゃ。不浄のものじゃ。わしらあやかしの者にも害があろう。まして、おぬしはあやかしとなってまだまだ日が浅く、力も弱い。うかつに近づけば、とんでもないことになろうよ」

だが、玉雪は臆(おく)さなかった。

智太郎は、生きていれば十歳になるはず。その少年の年頃とも合う。なにより、闇に穢されているというところに、強く感じるものがあった。

五年前に、智太郎達に襲いかかってきた魔物は、不浄そのもののおぞましい存在だった。あの時に、智太郎が傷を負っていたとしたら。それが、子供の心身を蝕(むしば)み、穢したのだとしたら。

何もかもがあてはまる気がして、玉雪は自然と気持ちが高ぶってきた。もちろん、期待しすぎてはならないとも思った。だが、少しでも可能性があるのであれば、それにすがりたい。その子供が智太郎かどうか、確かめなくては。

玉雪はすぐさまその少年がいるという山へ向かった。あやかしとなり、暗闇の妖道を走れるようになった身でも、その山に辿りつくのに半日かかった。

辿りついて、まず絶句した。

なんという場所だろう。山深い、というよりも見渡す限り山々の姿しか目に入らないような場所だ。山という名の大海に浮かんでいるような心地となる。こんなところに寺があるなど、到底信じられないほどだ。

だが、玉雪が驚いたのは、そこではなかった。

今は秋。恵みの時季だ。鳥も獣も、喜び勇んで山の恵みを受けとり、歓喜の声がにぎやかに響き渡る。それが、秋の山というものだ。

だが、この山だけはしんと静まり返っていた。木々は実を熟させているが、それを得ようとするもの達の姿がない。鹿、兎、猿、熊、鳥。彼らの気配がまるでしなかった。いない。いないのだ。この山だけがからっぽだ。

いや、からっぽというのとはまた違う。生き物達のかわりに、山を満たすものがあった。

穢れだ。

胸をかきむしるような不安。ただれるような不満。針のように鋭い寂寥。そしてどっぷりと深い恐怖と粘っこい憎悪。あらゆる陰の気がふくれあがり、渦巻いている。そのあまりの濃さに、玉雪は震撼した。

なんという穢れだろうか。今は明るい昼間だというのに、山全体が灰色に淀んで、ひどく薄暗い。

引き返せと、全身が悲鳴をあげていた。頭の中で、戻れ戻れと、叫ぶ声がする。

それでも、玉雪は先に進んだ。どうしても確かめたかったのだ。

進めば進むほど、穢れが濃くなっていき、玉雪の足取りは重くなっていった。自分の純白の毛が黒く染めあげられていくような気がした。もう二度と、どんな清流の水でさえ、洗い落とせないのではないだろうか。

しかも、この穢れはただの不浄とはわけが違う。たっぷりと、人の怨念に満ちているのだ。

悲しい。つらい。恨めしい。許せない。

心をじかに貫いてくる強烈な念に、玉雪は苦しめられた。

ああ、引きずられる。自分の魂が呑みこまれてしまいそうだ。

そうならぬために、玉雪はひたすら智太郎を見つけたいという想いにしがみついた。智太郎のことだけを思うと、重たい足もなんとか動いた。玉雪をあやかしと化した妄執が、今度は玉雪を守る盾となったのだ。

じりじりと前に進み、ようやく山の中腹にある寺へとやってきた。吐き気をこらえながら、玉雪は前を見た。

ひどく荒れた寺だ。何年も手入れがされておらず、今にも崩れそうだ。その寺の前に、小さな人影があった。

玉雪はかすむ目をこらした。

少年だ。こちらに背を向けている。きゃしゃな体つき。白い着物を着て、髪はとても短い。坊主頭ではないが、指先でつまめるほどの長さしかない。

あの子か。あの子なのか。

狂おしい想いに駆られ、玉雪は思い切って茂みから出てみた。少年がこちらを振り返った。驚いたように玉雪を見る。

激しい落胆が玉雪を襲った。違った。智太郎ではない。あの子はこんなきれいな顔ではなかった。もっとずっと色黒で、愛嬌のある顔をしていた。

悲しみをこらえ、玉雪は引き返そうとした。

その時、ざわあっと、冷たいものが体を駆け抜けた。

思わず振り返った。それがいけなかった。玉雪は断じて振り返るべきではなかった。そのまま一目散に逃げるべきだったのだ。

（ひっ！）

少年の後ろから、真っ黒な影がぬっと顔を出していた。それはすくんでいる玉雪に一瞬にして迫り、玉雪を殴り飛ばしたのだ。

体が飛び、意識も飛んだ。

だが、気を失う直前、少年の悲鳴を聞いた。

「やめて！」

そう少年は叫んでいた。

三

幸せとは何だろう。

舞い落ちる木の葉を見ながら、少年はぼんやりと思った。

覚えている限り、幸せだったことはない。友がいたことも、誰かから微笑みを向けられたこともない。少年に寄り添うのは孤独だけだ。それは濡れた衣(ころも)のように、じっとりと少年に巻きつき、からみつき、決して逃がしてはくれない。

彼はそういう育ちの少年だった。

物心ついたばかりの頃は、まだ多くの人が周りにいた。少年の家は大きく、それだけ人も多かったのだ。そのざわめき、気配、匂いを、覚えている。

だが、それらはたいして心地よいものではなかった。よくない言葉、意地の悪い言葉も、ずいぶん言われた気がする。

少年は成長するに従い、自分が嫌われ、蔑（さげす）まれていることを次第に理解していった。それを悲しいと思い、同時に不思議にも思った。嫌なことを言った人、少年をつねったり転ばせたりした人は、翌日には必ず家の中から姿を消し、二度と見ることはなかったからだ。

あとから知ったが、みんな死んだのだという。

呪（のろ）われた子。災（わざわ）いをふりまく鬼子（おにご）。

そういう噂が立ち始め、だんだんと少年は一人になっていった。少年の部屋を訪れ、世話を焼いてくれる者はいなくなった。ただ、外の廊下に食事の膳（ぜん）が置かれ、慌（あわ）ただしく駆け去る足音が聞こえるのみ。

父なる人は、ことのほか少年を恐れ、会うのはおろか、目を合わすことすら拒（こば）んだ。

「あの子さえおらねば、我が家は安泰（あんたい）であるのに。母親が悪いのだ。あの、気味の悪い女め。死してなお、とんでもない呪いを残していったものよ」

早く死んでくれないものか。

旦那様がそう言っていたと、下男達がしゃべっているのを少年は物陰で聞いてしまった。その夜は冷たい床（とこ）の中で、さめざめと泣いた。父にまで嫌われてしまっては、どうしたらいいかわからないではないか。

そして翌日は大騒ぎとなった。父なる人が亡くなったのだ。

少年の死を願っていた父のほうが、これほど早く逝ってしまうとは。

茫然としている少年の部屋に、祖母が駆けこんできた。真っ赤な泣きはらした目を吊り上げ、「親殺し」と、祖母はののしってきた。

「出てお行き！　不浄の子なぞがいたから、公胤は死んでしまったのだよ。そもそも、おまえを長々とここに置いておいたのが間違いだった。汚らわしい女が産み残した子などが、うちの身内であるものか。鬼子！　禍子！　出ていけ！　早く出ていけぇ！」

老女の金切り声に押し出されるようにして、少年は屋敷を追い出された。門の外には、旅姿の数人の男達がいて、転げ出てきた少年を受け止めた。

「行きましょう。あなたは遠くに行くことになったのです」

乾いた声で男達はそう言い、少年は素直にうなずいた。祖母の鬼の形相を見たあとでは、ここに残りたいとは微塵も思わなかった。

こうして少年は屋敷を離れた。そのまま何日も、見知らぬ男達と一緒に歩き続けた。男達は無駄口をいっさい叩かず、必要なことしか言わなかった。少年の顔を見ることもない。だが、少年の体が冷えないように気をつけてくれ、足にまめができれば膏薬を塗ってくれた。流れの速い川を渡る時などは、肩に乗せてくれた。淡々とした、だが悪意のない男達の態度に、少年は不満も不安も覚えなかった。そのためだろうか。変事が起こることもなく、旅は続いた。

道中、村などに立ち寄ることもあった。すると、男達は持ってきた荷を広げ、少年にはよくわからない枯れ草や木の実のようなものを、食べ物などと交換した。

その姿を見るうちに、なんとなくわかった。どうやら、彼らは旅回りの商人らしい。少年の父の屋敷にも出入りをしていたのだろう。その時に、あの騒動となり、祖母から「この鬼子を遠くへ」と、少年の身を預けられたのかもしれない。少年はそう思った。

やがて、人通りがどんどん少なくなっていき、遠かった山々が次第に近づいてくるのを見て、少年は悟った。ああ、自分達はあの山の向こうへ行くのだと。

山の中に入っても、男達の態度は変わらなかった。日のあるうちは黙々と歩き、夜になれば火をおこし、食べ物を少年に与えた。少年はそれをがつがつと食べ、火のそばで丸くなって体を休めた。

やがて山の中に、突如小さな寺が現れた。物珍しげに建物を見る少年に、男達は言った。

「あなたはこれからここで暮らすのです。ここの和尚様があなたの面倒を見てくいらない」

ださる。食べ物などは月に一度、ちゃんと届く手筈になっているから、何も心配は

それだけ言って、男達は立ち去った。

少年は、その後ろ姿を見送った。少し残念に思った。屋敷を出てから、ふた月余り。あの男達との時間は楽しくはなかったが、穏やかだった。一番普通でいられたような気がするのに。

だが、あきらめなくては。自分はあきらめることしかできないのだから。

少年は、新たな庇護者である和尚のもとへと歩いていった。老いた和尚の顔は厳しかった。

「俗世を捨て、ひたすら御仏にすがりなさい。そうすれば、そなたにしがみつく邪なものも、いつの日か清められるかもしれぬ」

寺には、和尚の他に、小坊主が二人いた。どちらも少年よりも二つ、三つ年上で、そのうちの一人が少年の頭を剃ってくれた。剃刀の刃が冷たくて痛くて、髪がどんどん自分から落とされていくのが悲しくて、涙がわいた。

翌日、その小坊主は死んだ。顔に恐怖を張りつけ、身をこわばらせ、床の中で冷たくなっていた。

蒼白となった和尚は、少年にははっきりと言った。

「そなたは生まれながらに業を背負っておる」

その時初めて、少年は自分が何者であるか、自分の周囲に何が起きていたかを教えられた。恐ろしかった。自分がそんなおぞましいものだとは、信じられなかった。

だが、和尚の目に宿る恐怖と嫌悪は本物だった。

「修行を積んだこの身であれば、その業を祓えると思うていたが、考えが甘かった。そなたを引き取るべきではなかった。公胤様が亡くなった時点で、約束は反故にするべきであった」

吐き捨てるように言われ、少年は亡き父が早くから自分をこの寺に追いやろうとしていたことを知った。

ああ、どこまでも嫌われ、憎まれていたのか。

悲しくて、胸が痛んだ。

その翌日、和尚は冷たい骸となっていた。それを見ても、もう少年は驚かなかった。自分の正体がわかった今、和尚が死んだ理由はわかりきっていた。

少年を悲しませたからだ。悲しませるようなことを言ったからだ。

和尚の話は本当だったのだと、少年は骸を見ながら思った。

みんなみんな、死んでいく。自分を傷つけた者、悲しませた者は、決して死の爪から逃れられない。

生き残ったもう一人の小坊主は、いつのまにか姿を消していた。逃げたのだ。そのほうがいいと、少年は思った。そばに誰もいなければ、誰も死なせないですむ。

少年はそのまま寺にとどまった。どこにも行くあてはなかったからだ。ここに連れてきてくれた男は、「食べ物はちゃんと届く」と言っていたが、幾月経っても、誰も訪れることはなく、何も届かなかった。

あの男は嘘をついたのだろうか？

そう思いたくはなかった。きっと、逃げた小坊主が、あの寺に鬼が棲みついたと触れまわっているのだろう。もしかしたら、祖母が手をまわして、荷を届けないようにしているのかもしれない。

いや、それはありえないと、ふいに少年は思い至った。

「おばあさまは……きっと生きていらっしゃらない」

祖母にののしられ、少年は心傷ついた。少年が背負っている業が、そのことを見逃すはずがない。

ああ、もうあの人もいないのかと、少年は目を閉じた。

季節は巡り、冬となり、春となった。夏も過ぎ、秋が通り抜け、また冬となり、春となる。

その移ろいを、少年はただ一人、日々荒れていく寺から見ていた。自分のようなものは、他者と触れ合ってはならない。自分はこうやって孤独でいるべきなのだ。

そう言い聞かせていても、やはり寂しさは募った。なんといっても、少年はまだ幼かった。人の声が恋しかった。あの居心地の悪かった屋敷さえ、今となっては懐かしく思えるほどだ。

だが、どこにも行けない。身動きがとれず、泣くこともできず、少年はただただそこにいた。

歳月が過ぎていき、また秋となった。

秋はことのほか嫌いだった。人はおろか、鳥も獣も少年を忌み、この山に近づこうとしない。誰にも見向きもされない山の実りは、枝についたまま干からびるか、あるいは地面に落ちて無残に腐っていくかだ。それを見るのがたまらなく悲しかった。

ああ、冬のほうがずっといい。冬の山は雪に埋もれ、何もかもが静かに眠りに落ちている。他のもの全てが孤独になるから、自分の孤独が少し和らぐ気がする。

秋は嫌いだ。

ぼんやりと、舞い落ちる木の葉を見ていた時だ。かさりと、後ろで物音がした。

振り向いて、驚いた。

見たこともないほど大きな兎がそこにいた。体は犬よりも大きく、毛並みはまぶしいほどの純白だ。

生き物を見るのは久しぶりで、少年は兎から目が離せなかった。

一方、兎もまっすぐ少年を見ていた。だが、その賢そうな目はなぜか落胆したように曇（くも）ったのだ。

兎が向きを変えた。去ろうとしている。

その瞬間、少年は激しく思った。

行かないで！　まだ行かないで！

兎がほしかった。その柔らかそうな毛に触りたかった。手に入れたい。自分の手元に残したい。

自分に、こんな激しい感情があったことに驚いた。が、さらに驚くことがあった。

突然、兎が真後ろに吹っ飛んだのだ。まるで、何かに殴り飛ばされたかのように。

まさかと、少年は真っ青になった。

自分の業か？　これもまた、あの業のしわざなのか？　少年の願いを叶えようと、兎を殴ったのか？　そんなことを望んだわけではないのに。

「やめて！」

姿の見えぬものに叫びかけながら、少年は兎に駆け寄った。兎は気を失っていた。抱きかかえてみると、ずっしりと重い。

ほとんど引きずるようにして寺に運び、ぼろ布をしいた上に横たえた。もっとちゃんとした手当てをしてやりたかったが、これが精一杯だった。ここには薬も何もないのだ。

このまま死んでしまいはしないだろうか。

はらはらしながら少年は兎を見守った。

そして夜、少年はまたしても仰天（ぎょうてん）するはめとなった。

日が暮れると同時に、兎の姿が消え、かわりに女が一人、その場に現れたからだ。

四

鈍い痛みと共に、玉雪は目覚めた。頭が朦朧（もうろう）として、最初はまぶたを押し上げても、目の前がかすんだ。

だが、徐々に視力は戻り、それと共に意識もはっきりとしてきた。

まず自分が部屋の中にいることに驚いた。荒れ果て、殺風景な一間だが、ここはまぎれもなく人の住まい。なぜこんなところにと思ったところで、気配を感じた。横を見れば、あの少年が立ちすくんでいた。こぼれんばかりに目を見開いてこちらを見ている。少年の顔を見るなり、記憶がどっとよみがえってきた。

恐ろしさでぎゅっと身が縮んだ。自分を傷つけたあのおぞましい影は、この少年の背後から出てきた。少年が飼っているものに違いない。逃げたいが、体が重くて節々が痛くて、動けそうにない。

うつむき、ぶるぶる震えていると、少年が思い切った様子でささやいてきた。

「あなたは……あやかし、なのです、か?」

きれいな、透き通るような声だった。それを聞いたとたん、玉雪は恐れが消えていくのを感じた。

不思議なことに、少年の声に邪なものはいっさいなかった。少年がくりだしてきた影は、どっぷりと邪気に満ちていたというのに。

玉雪は顔をあげ、少年と向き合った。目鼻立ちの整った子だ。だが、顔色は悪く、髪はそそけていて、翳りが色濃く浮かんでいる。きゃしゃな体つき、細い喉元もあいまって、見るからに幸薄げな様子だ。

興味深げに見つめてくる少年に、玉雪は言葉を返した。

「あい。あのぅ、あやかしです。あのぅ……こ、こんばんは」

少年はさらに驚いたようだったが、律儀に頭をさげてきた。

「こんば、んは」

言葉がたどたどしいのは、長い間一人でいたからだろう。その様子が痛々しくて、玉雪はもう少しやりとりを続けようと思った。本当はすぐにでもここから去りたかったが、そうしてはならないような気がしたのだ。優しく尋ねた。

「あたくしは、あのぅ、玉雪といいます。……あなたは？」

「私？」

きょとんとしたように、少年は首をかしげた。

「私は……あの、ごめんなさい。ちょっと思い出せない。あまり呼ばれたことがないし、名乗ったこともないから」

その孤独ゆえに、名前さえ忘れてしまったというのか。玉雪の胸が痛んだ。

一方、少年は少し嬉しそうだった。

「誰か、と話すのは、久しぶりです」

「……あたくしが、怖くないんですか？」

「最初は驚き、ました。いきなり、兎、が人になったから。でも……人、は、怖いけれど、あやかし、なら怖くないです。……玉雪、殿は強いです、か？」

「え？　あたくしが？」

見れば、少年の表情はひどく真剣なものになっていた。食い入るように玉雪を見つめてくる。

たじろぎながらも、玉雪は正直に言葉を返した。

「いえ、あのぅ、あまり強くはないかと……」

くしゃっと、少年の顔が歪(ゆが)んだ。

「それで、は、だめ、ですね……」

「えっ？」

帰ってくださいと、少年は小さく言った。声が震えていた。今にも泣きだしそうに、細い肩も震えている。

「あな、たはここに、いてはいけない」

「な、なぜですか？」

「弱いと、わ、私の、業に食われ、てしまう、から」

「業？」

「私は、呪われ、ているので、す。は、早く、帰ってく、ださい」

少年は玉雪に背を向けた。

今度こそ、玉雪は息を呑んだ。

ぬるりとした闇が、少年の背中に張りついていた。少年を後ろから抱きすくめているのだ。

そやつは少年の背中に張りついたまま、玉雪を見ていた。まばたきもしない、黒々とした視線。じりじりと焼け焦(こ)げるような、こちらの体に穴をうがってくるような、強烈で、禍々(まがまが)しい視線。そこに敵意はまだない。だが、疑っている。玉雪が敵かどうかを、見定めている。もし、ほんの少しでも玉雪が動きを間違えれば、玉雪に襲いかかってくるだろう。

これが、少年が言っている業というものか。

玉雪は恐怖に全身がかたまった。少年がこれほど孤独である理由も、わかった気がした。この闇の放つ憎悪と疑念に、周囲の人は傷つけられ、少年から離れていったのだろう。自分も早くここから離れなくては。闇のまなざしが届かぬ場所まで、逃げなくては。

そろりと、玉雪は音を立てないようにしながら、身を起こした。体はまだ痛むが、這(は)いずってでもここから逃げるつもりだった。とにかく、少年の背中にいる闇が怖くてたまらなかったのだ。

玉雪が去る気配を感じたのだろう。少年はこちらを見ないようにしながら言った。

「……ごめん、なさい」

「…………」

「玉雪殿、を見た時、いいな、と思ってしまった、んです。あんなにきれい、な兎は、見たことがなか、ったから」

自分が望んだから、自分がもっと手元に引きとめたいと思ったから、玉雪は襲われたのだと、少年はか細い声で打ち明けた。

「あんなこ、と、願ってはいけ、なかったんです。私は、何も考え、てはいけない、のに。……傷つけ、てしまって、ごめんな、さい」

玉雪は言葉に詰まった。

なんと悲しいのだろう。なんと寂しいのだろう。まだこんなに幼いのに、何も考えてはいけないと、自分の心を縛ろうとして。

その時まで、玉雪はただただ恐ろしくて、逃げだしたくてたまらなかった。だが、少年の言葉を聞き、むくりと心の底からもたげてきたものがあった。

怒りだった。

玉雪は元来、穏やかな気性だ。悲しんだり愛(いと)おしんだりしたことはあっても、怒ったことはあまりない。だが、その時に感じたのは、まぎれもない激しい怒りだった。

玉雪は、少年の闇を睨んだ。恐らく、これは少年の心の動きを敏感に感じ取り、そのとおりに動くのだろう。少年がほしがるものを与えようとし、少年をわずかでも傷つけたものには報復する。そうやって、この子を守っている。

だが、それは間違ったやり方だ。その証拠に、少年はなんと不幸であることか。自分の目の前で絶望の色を浮かべて落ちていった智太郎が、少年に重なって見えた。

助けたい。救いたい。不幸な子供を見るのはもういやだ。

ごくりとつばを飲みこみ、玉雪はささやきかけた。

「……助けて、ほしいですか？」

びくっと、少年の肩が震えた。

「助け、る……？」

「あい」

少年は頭を横に振った。何度も、何度も。

「それは、無理、です」

「でも、あのぅ、やってみないと」

「……何人、もの人が、憑き物落とし、をやりまし、た。呪い返しの、術も」

だが、それらは全て無駄だったという。

少年はあきらめきった様子でうなだれた。

「私は、もう、いいのです。何も望まな、ければ、ここでの日々も悪く、はない、から。何も感じなけ、れば、人からののしら、れることも、恨まれるこ、ともないし……もう、いいのです」

「そんなこと、言わないでください。ね？」

玉雪は食い下がった。この少年をこのままにしてはおけなかった。

「あたくしは、あのぅ、あやかしです。力弱くとも、あやかしにはあやかしにしか見えないもの、わからないものもあります。仲間に尋ねれば、あのう、その背中のものを祓う方法がわかるかもしれませんから」

助けさせてください。玉雪は心をこめて頼んだ。その熱意にうながされるように、少年の目にもうっすらと希望の光が浮かんできた。

「本当、に、できるのですか？」

「わかりません。でも、あのぅ、まずはやってみないと」

「……そう、ですね。やって、みないと……」

数日の猶予(ゆうよ)をくれと、玉雪は言った。

「あちこちに聞いてきますので、あのぅ、ちょっと時間がかかると思うんです。それでも三日ほどで戻ってこられると、思いますから」

「はい。ではあの……戻ってき、てください」

待っていますと、少年は初めて笑った。ちらっとした、ほんのかすかな笑み。だが、きれいな無垢(むく)な笑み。

胸の奥がほっこりするのを感じながら、玉雪は寺を出た。

そのまま、あやかし達のもとを巡った。

古木の長老、年老(としふ)りた妖亀(ようき)の隠者、物知りな巻物の付喪神(つくもがみ)。少年のこと、少年の闇のことを知っていそうな相手を、玉雪は片っぱしから訪ねた。

だが、なかなか手掛かりはつかめなかった。時が駆け足で過ぎていくばかり。

三日ほどで戻れるなどと、安請(やすう)け合いをするのではなかった。

玉雪は悔(く)やみながら、それでも辛抱(しんぼう)強く聞き回った。そしてようやく、それらしきことを知っていそうなあやかしに出会った。

鈴白(すずしろ)の姥狐(うばぎつね)。齢(よわい)五百と、高齢な妖狐(ようこ)で、雪原にひっそりと暮らすあやかしだ。

玉雪が訪れた時、姥狐は気品のある老女の姿で出迎えてくれた。着ているものは、渋みのある銀の衣(ころも)。その目も髪も同じような銀色であった。

玉雪はまず丁重(ていちょう)に突然の訪問をわび、そのうえで自分の目的を話した。

「そんなことを知りたくて、わざわざこんなところまでおいでになるとは。玉雪殿は酔狂(すいきょう)なあやかしでいらっしゃる」

姥狐の声は、銀の鈴を思わせるほど麗しく澄んでいた。

目を見張る玉雪に、姥狐は笑った。

「ふふふ。わたくしは今でこそ隠居の身ですが、昔はあまたのお屋敷に乳母としてお勤めしたものです。人にもあやかしにもお仕えしました。いずれのお子達も、みな、わたくしの子守唄が大好きで、歌ってくれと、それはもうねだってきたものです」

昔を思い出してか、姥狐のまなざしが遠くなる。玉雪は慌てて話を戻した。

「ほんに美しいお声でいらっしゃいます。あたくしにも何か歌っていただきたいほどです。ですが、あのぅ、まずはお話ししてはいただけませんか？」

「ああ、これは失礼を。西の山寺の鬼子、のことでしたね？　ええ、ええ。存じておりますよ」

思わず前のめりとなる玉雪に、姥狐はゆっくりとあの少年の話をしてくれた。それはそれは恐ろしく、そして悲しい話だった。

聞き終えた時、玉雪は青ざめていた。息をするのもつらいほど、胸が苦しくなっていた。姥狐の前でなかったら、ばったりと倒れ伏していたかもしれない。

必死で、心の中で荒れ狂うものを抑えようとしていた時だ。ふいに姥狐が何か叫んだ。同時に、背後からすさまじい殺気を感じた。

振り返れば、見覚えのある闇がいた。深く、禍々しく、憎悪に満ち、玉雪をねめつけている。

しまったと、玉雪はほぞを噛んだ。すでに寺を出て四日目となっていた。少年との約束を破ってしまったことが、この闇を動かしたに違いない。だが、まさか、ここまで追ってくるとは。

圧倒的な殺気を受けて、自分は死ぬのだと思った。

同時に、死んでたまるかとも思った。

少年のことがわかった今、ここで果てるわけにはいかない。なんとしても生きたかった。この闇の爪は鋭く、その一撃は必殺のものだろう。それでも、躱(かわ)さなくては。

だが、玉雪が立ちあがるよりも早く、闇は玉雪に襲いかかってきた。

五

少年は寺の庭に立ち、夜空を見上げた。漆黒(しっこく)の空には、太めの半月が浮かんでいた。あの不思議なあやかしと言葉を交わした夜は、満月だったのに。夜な夜な欠けていく月は、そのまま自分自身の希望のようだった。

もう五日目になるのに、玉雪と名乗ったあやかしは戻ってこない。いや、そもそも戻ってくる気などなかったのかもしれない。

そう思うと、じくりと胸が痛んだ。

玉雪の、ほんわかとした丸顔。優しげで真摯な目。助けさせてくれと言った時の、熱のこもった声。あれが嘘だったと思いたくない。だが、やはり騙されたということなのだろう。玉雪は戻ってこないのだから。

何度目かわからないため息をつき、少年は秋草がぼうぼうに生えた地面に座りこみ、両膝をかかえこんで、顔を伏せた。もう何も見たくなかった。寂しい月を見るのも、荒れた庭を見るのも、たくさんだ。ずっとこうしていよう。そのほうがいいのだ。

卵のように丸まる少年に、漆黒のものが寄り添っていた。少年は気づいたことはないが、それはずっと少年のそばにいた。しゅるしゅるとうごめく細いものを少年の体中にからみつけ、優しくささやいていた。

大丈夫だと。自分がいる限り、守ってあげるからと。

少年にその声が届くことはないが、黒い影は飽くことなく、まるで子守唄を歌うように少年にささやき続ける。

だが、そのささやきがふいに止み、影は醜い金切り声をあげた。

来るな！　こちらに来るな！

叫びの向こうに現れたのは、玉雪だった。

気配を感じたのか、少年は顔をあげた。玉雪を見て、ぱっとその目が輝いた。

「玉、雪殿！」

「期日を過ぎてしまって、あのぅ、申し訳ありません。でも、こうして戻ってまいりましたよ……安天様」

雷に打たれたように、少年は立ちすくんだ。口元が、手が、わなわなと震える。

そんな少年に噛んで含めるように、玉雪はゆっくりと言葉を続けた。

「あい。あなたは、安天様。京の都の、やんごとなき血筋を引く生まれでいらっしゃいます。思い出せますか？」

「安天……」

ああっと、少年は目を閉じ、細いあごを上に向けた。

そうだった。そういう名前だった。ずっと昔、そう呼ばれていた。

「思い、出しました。私は、安天……でした」

「あい」

「私は……大き、な屋敷に住んでい、て……でも、追い出さ、れました。おばあさまに、出ていけと言わ、れて……」

「あなたの業のせいですね？」

「はい。……私のせ、いで、父様も亡く、なってしまったから」

「そのようですね。でも、それはあなたのせいじゃありません」

きっぱりとした玉雪の言葉に、安天は目を見張った。

「その業は、あなたが生まれ持っているものじゃないんです。あのぅ、調べてわかりました。それは、あなたにあとからとりついたもの。あなたに罪など、一つもないんです」

絶句している安天から、玉雪はすっとまなざしをずらした。安天の肩越しからこちらを睨みつけてくる闇を、厳しい目で見返したのだ。

あいかわらず禍々しい。いや、前よりもさらに強烈な憎悪を感じる。それでも襲ってこないのは、安天が玉雪のことを好いているからだ。その気持ちが玉雪を守り、闇に手出しをさせないようにしている。

玉雪を引き裂きたくて、ぐねぐねと身悶える闇。そのおぞましさ、無数の触手の先から毒のような憎しみがしたたっている様は、恐怖するに十分すぎるものだ。

だが、玉雪はもう怖いとは思わなかった。玉雪は怒っていたのだ。それは恐怖を上回る力となって、玉雪の中に満ちていた。

「あなたは、清子様とおっしゃるのでしょう？」

玉雪のりんとした呼びかけに、ぴたりと、闇が動かなくなった。人でいうなら、はっと息を呑んだ感じだ。

こわばる闇に向けて、玉雪は一人の女の物語を語りだした。


昔、都でも一、二を争うほどの栄華を誇る一族がいた。

その屋敷はさながら天子のおわす御所のような見事さ。広い庭園には四季折々の草木が植えられ、美しい女達がまるで蝶のように華やかに集い、笑いさざめいている。

遠方からの珍味、貴重な貴石、異国の獣皮。この一族が望んで手に入らないものはないとさえ言われた。

だが同時に、一族には黒い噂が常に付きまとっていた。

あれは魔物と取引をした一族。数々の名誉や富は、魔物に自分達の赤子を捧げているがゆえ。いや、あれは鬼と交わって生まれてきた者達の末裔。彼らの体に流れるのは、人とは違う黒い血だと。

むやみに近づいてはならない。交わってはならない。

人々の陰口、妬みにさらされ、少しずつ一族は衰退していった。時を同じくして、生まれてくる赤子の数もぐっと減った。病弱な者も増えていき、しまいにはほんの一握りの者達が残った。

自分達の血筋にしがみつき、先祖が築いた栄光をふたたび手に入れたいと切望する者達。

そんな時に、一族の当主に娘が生まれた。男児でなかったことに、父親は落胆した。強い男であれば、見る影もなく没落した家をよみがえらせることができたかもしれないのに。

いや、待て。あきらめるのはまだ早い。娘であっても、手はないわけでない。良縁に恵まれれば、そこで子孫を増やせば、いずれ自分達はふたたび富を得られるはず。

清子と名づけられたその娘は、異様な教育のもとで育っていった。大人達はかつての繁栄ぶりを事細かに幼い清子に語った。

大きな屋敷。数え切れないくらいの使用人。百の花が植えられた庭。玉石（たまいし）を敷き詰めた池にかけられた、艶（つや）やかな朱塗（しゅぬ）りの橋。

あまりに語り聞かされたせいで、清子はまるで自分が見てきたかのように、そういうものを頭に思い浮かべるようになった。そして、それをふたたび取り戻すのが自分の使命と信じて疑わなかった。

自分は誇り高き一族の末裔。そして新たなる一族の母となるのだ。

その信念のもと、十五の春に、清子は嫁いだ。自分よりもはるかに格下の、だが裕福な家に。

夫と夫の家族に情がわくことはなかった。彼らはしょせん、下々（しもじも）の者だ。だが、一人では子を作ることはできない。

清子は我慢して、夫を受け入れた。屈辱（くつじょく）に唇を噛みながら、ひたすら子ができることだけを願った。

その執念は実り、一年後、清子は子を一人産み落とした。嬉しいことに、男児だった。一族の血を受け継ぐ子だ。この子さえいれば、没落した家を復活させられる。

役目を果たした喜びに、清子は狂喜した。

だが、誤算があった。生まれてきた子は、病弱だったのだ。

この子は大人になるまで生きられないだろうと医師に言われ、清子は奈落（ならく）に突き落とされるような絶望を味わった。

ならば、別の子を産もう。もう一人、いや、二人でも三人でも、強い子を産まなければ。

そう思ったが、すでに夫は清子の寝所へは通ってこなくなっていた。心を開かぬ清子よりも、もっと心細やかな情の深い女のもとに入り浸るようになっていたのだ。

その女にも子供が生まれたと聞いて、清子はますます心乱れた。嫉妬からではない。我が子の地位と富を脅かす敵が生まれたことに、恐怖したのだ。しかも、その敵はこれからも増えることだろう。なのに、清子にはたった一人の子供しかいないのだ。

では、どうする？　どうしたらいい？

答えは一つだった。

なにがなんでも、我が子を生かすのだ。増やせないのであれば、このただ一つの希望を守りきるしかない。

追い詰められた清子は、一人の祈禱師のもとを訪ねた。えげつなく、金に汚いと、評判の良くない男であったが、その呪詛の腕前だけは確かだと、もっぱらの噂であった。

祈禱師は、渡された金の粒を数えて、にまっと笑った。そして清子の半ば狂った目をのぞきこみ、特殊な呪のかけ方をささやいた。

それは、正気の者ならば、誰でも身震いし、怖気づくようなものだった。だが、清子は目を輝かせた。それで我が子を生かせるならば、何を恐れることがあろうか。

そして……。

その翌朝、屋敷の者達は、冷たくなっている清子を部屋で見つけるはめとなった。

清子は血まみれで、両手の指が全てなくなっていた。口が真っ赤に濡れているところを見ると、恐らく自分で嚙み切ったのだろう。なぜか、横で転がって泣いている赤子の口にまで、血がついている。

とにかく、恐ろしくておぞましい何かが、この部屋で行われたことは間違いない。

下人の一人が勇気を振り絞って、部屋に入った。敷居をまたぎ、赤子を抱き上げる。幸いにして、赤子はどこにも怪我(けが)はしていないようだった。

だが、ほっとしたのも束の間、下人達は今度こそ絶句した。

赤子の白い背中には、赤い目玉が二つ、張りついていたのだ。

いや、それは手のひらの跡だった。指のない手のひらの跡が二つ、赤子の背中にぬらぬらと光る血で押しつけられてあったのだ。

誰かが悲鳴をあげると、みんなが悲鳴をあげ始めた。

赤子を放り出して逃げだした下人は、翌日に死んだ。

以来、その屋敷では頻繁(ひんぱん)に怪事が起こることになる……。

話し続ける間も、玉雪は安天の後ろに張りつく闇から目を離さなかった。

今や闇は激しく揺れていた。唸(うな)り声すら発していた。苦しげな、獣のような唸り。正体を暴(あば)かれ、自らもそれを思い出し、苦悩している。

あと少しで、闇の鎧(よろい)は崩れ、中に隠れているものを引きずり出せるはず。その最後のひと押しの言葉を、玉雪は放った。

「……あなたは自分の命を使って、我が子に呪をかけた。自ら鬼となり、あのぅ、我が子の守護者となられた。これがあなたの物語。そうなのでしょう、清子様？」

ぴしっと、闇の表面に小さなひびが入った。それは見る間に蜘蛛(くも)の巣のように広がり、ついにはぼろりぼろりと、小さなかけらとなって剝(は)がれ落ち始めた。そうして、その下に隠されていたものがあらわになった。

現れたのは、女だった。小柄で、まだたいそう若い。ほとんど少女のようだ。白い寝間着だけの姿で、長い黒髪は乱れ、肩で激しく息をしている。安天の首に両腕を巻きつけているが、その手に指はなかった。全部なくなっており、傷口からはいまだにたらたらと鮮血がしたたっている。

女は顔をあげた。その顔は安天と生き写しだった。だが、安天にはない狂気で歪んでいた。

「う、ううっ、おぅ……」

女の青黒い唇から、しわがれたうめき声がもれていく。獣じみた恨みの声だ。

なぜ邪魔した。なぜ邪魔をする。せっかく全てがうまくいっていたのに。

女のうめきを受けて、玉雪はかぶりを振った。

今の今まで、玉雪は怒っていた。鈴白の姥狐から清子の物語を聞いた時からずっと、その身勝手さ、理不尽さに怒っていた。だが、こうして清子を目の当たりにすると、怒りも失せてしまった。闇の衣をはぎとられた清子の、なんと痛々しいことか。

今、玉雪が感じているのは憐れみだけだ。その憐れみをこめて、玉雪は言った。

「安天様のために、あなたは自ら鬼になられた。そうすることで、安天様のことを守ろうとしたんでしょうね。悪口や痛み、あのぅ、とにかく全てから……でも、あなたのやり方は、あのぅ、間違っていたんです」

なぜと、清子の淀んだ目が玉雪を見る。理解していない様子だ。

「あなたは確かに安天様を守っていたのかもしれません。でも、それは安天様を孤独にした。あなたに襲われることを恐れて、誰も安天様に近づかなくなってしまったから。あのぅ、わかりませんか？　あやかしと違って、人は一人では生きられないんです。子供であれば、なおさらに」

決して死なせない。そのことに執着するあまり、清子は安天の幸せにはかまわなかった。それは罪だと、玉雪は言いきった。

「でも、あたくしが本当にひどいと思うのは、あのぅ、そこじゃないんです。……あなたは母として、あのぅ、子供を守りたかったわけではないのでしょう？　安天様は、あなたがなりたかった存在そのもの。つまり、あなたはあなた自身を守りたかったということです」

鬼となった清子がこの世にとどまるためには、どうしても我が子の存在が必要だった。

だから、女郎蜘蛛が獲物をかかえこむように、母は子を捕えた。子を守るという名目で、安天の苦痛をあめ玉のようにしゃぶり続けた。我が子の悲しみ、孤独を糧にして、清子は強くなったのだ。

浅ましい真実を突き付けられ、いやいやと、清子はまるで子供のように頭を振った。顔は苦悶に歪んでいた。

違う違う。なぜそんなことを言うの？　わたくしはただ務めを果たしただけ。わたくしは一族の命運を担っていたのだもの。なぜ責めるの？　そんな、ひどい。お父様。お父様、清子はがんばったのです。褒めてくださるでしょう？　お父様なら褒めてくださるでしょう？

優しかった。
錯乱している清子に、玉雪はそっとささやいた。落ち着いてと。その声はとても優しかった。

「落ち着いてください。あなたを責めるつもりなんて、あのぅ、ないんです。だって、あなたも寂しい子供なんですから」

驚いたように凍りつく清子に、玉雪は微笑みかけた。

「母になるには、あなたの心は幼すぎたんです。今でも、あなたは子供でいらっしゃる。本当はずっと、暗闇の中で声をあげて泣いていたのでしょう？……もうやめましょう。泣くのも寂しがるのも、あのぅ、今宵でおしまいにしましょう。あなたには抱きしめてくれる人が必要なんです。優しくあやしてくれる人、ずっとそばにいて、あなたに子守唄を歌ってくれる人が」

そんな者はいない。いるわけがない。

清子の目から絶望の涙がこぼれだした。赤い血の涙が、真っ青な頬を醜く穢していく。そんな清子を、玉雪はなだめた。

「大丈夫です。あなたは子供なんですから。子供は守られ、愛しまれるもの。だから、あのぅ、あなたを預かってくださる方をお連れしたんですよ」

玉雪は後ろを振り返り、呼びかけた。

「うぶめ様」

ふわあっと、その場が白く淡い光に満たされた。柔らかく、春のうららかな日差しを思わせる温かな光。

そこに一つの顔が浮かび上がった。たとえようもなく優しく、深い慈愛に満ちた〝母〟の顔だった。

〝母〟が清子の名を呼んだ。いらっしゃいと。

こちらにいらっしゃい。守ってあげるから。もう一人にしないから。望むままに、ずっとずっと抱きしめてあげるから。

その声は、まるで琵琶の音色のように清子の心に響いた。

ああ、もう大丈夫なのだ。もう自分ががんばることはないのだ。

そう悟った清子は、安天に回していた両腕をゆっくりと解いた。そして、一歩、また一歩、〝母〟へと近づいていった。

辿りついた清子を、〝母〟は羽毛のように柔らかな腕でしっかりと抱きしめてくれた。いままで感じたことのない喜びと安らぎが、清子の中に満ちてきた。

満足の吐息をつきながら、清子は目を閉じた。

幸せ。とても幸せ。

そう感じながら、光の中に溶けこんでいき、やがて消え去った。

六

安天は茫然としていた。

玉雪が話している間、ずっと体が動かなかった。

黙って聞いていると、突然、なんともきれいな光が現れた。柔らかくて、温かそうで、思わずそこに飛び込みたいという衝動にさえ駆られた。

結局体は動かぬまま、光は消えてしまった。だが、その瞬間、安天は確かに見たのだ。美しい顔が光の中に浮かび、ほんの一瞬だけこちらを見て、微笑みかけてくるのを。

もう大丈夫だから。

小さな声が頭の中に響いた気がした。

だが、もっとよく見ようと目を凝らした時には、すでに顔も光も消えてしまっていた。

「母様……」

つぶやく安天に、玉雪が寄り添った。

「見えたんですか？」

「はい。一瞬、だけでした、けど……母様はずっといた、のですか？　私の、そばに？」

「あい」

「私の業は、母様だった……」

「あい」

「私は、全然気づ、かなかった」

そういうものですと、玉雪はうなずいた。

「鬼になるというのは、そういうことなんですよ。力を得るかわりに、あのぅ、大きな代償を払うことになる」

誰よりも近く寄り添いながら、母の姿は我が子には見えず、声も届かない。子供の孤独はいや増すばかりであったというのに。

安天はうなだれながら尋ねた。

「私は……愛されてい、たのでしょうか？」

あいと、玉雪はきっぱりと言った。

「で、でも、玉雪殿、はさっき、母様は自分のために鬼になった、と……」

「あれは本当のことです。でも、あのぅ、形は異様であっても、清子様があなたを愛(いと)おしんでいたことも、間違いないと思います。清子様は自分ではそれに気づけなかっただけ。気の毒な方だったんです。家のため、一族のためと、それだけしか教えられてこなかったんですから」

「かわいそう、ですね」

「ええ。ほんとに」

しばらく黙りこんだあと、安天はふたたび口を開いた。

「母様は、どうなるの、でしょうか？」

「うぶめ様に預かっていただきましたから、あのぅ、もう大丈夫です。うぶめ様は、子を守り、愛するあやかし。うぶめ様の懐で、清子様は満足されるまで抱かれるでしょう。そして、心満たされたら、あのぅ、その時は行くべき場所にちゃんと行けると思います」

「そう、ですか」

よかったと、安天はほっとしたように笑った。

同じように笑い返しながら、玉雪は尋ねた。これからどうしたいかと。

「もうあなたは自由の身なんです。あなたを縛っていたものは、あのぅ、全て消えたんです。だから、やりたいことをやっていいんですよ」

「やりたい、ことを……私、が……？」

「あい。お望みなら、うぶめ様のところにもお連れできますよ。あのう、清子様と

「一緒に安らかに眠りたいですか？」

安天は少し迷った。母と共に眠りにつく。それはとても魅力的だった。だが、できることなら、もう少し、何か他のことをしてみたい気がする。

ふと、頰を秋風が撫でていくのを感じ、安天は空を見た。

「私は、よく思って、いたのです。風になれた、ら、いいのに、と。風なら、どこへでも、行けるから。……玉雪、殿。私は、風になりたい、のですが」

「では、おなりなさい」

間髪をいれず、玉雪はうながした。

「風になって、あちこちをいっぱいいっぱい見てきてください。難しく考えることはないんです。ただ望めばいいんです。そうすれば、あのぅ、あなたは風になれますから」

「望む……望めば、いいんです、ね」

それは少年に禁じられてきたことだ。本当に自由になれたのだと、安天は初めて感じた。

なろう。風に。どこまでも駆け抜ける疾風に。私はなりたい！

だが、一歩踏み出そうとした時、安天はまだ言い残したことがあることを思い出した。急いで玉雪のほうを振り返った。

「玉、雪殿」

「あい？」

「この寺、の、裏山に、大きな栗林、があるのです。誰も来ないので、私は、勝手に私の栗林、と名づけていまし、た。もしよかった、ら、この栗林をもらって、ください」

「いいんですか？」

「はい。玉雪殿、の、ために、栗の実がいつもたくさんつ、いてほしいと、願います、す」

過去の日々を見つめなおすかのように、安天は周囲にまなざしを送った。あれほど嫌いだった秋の山の風景を、今初めて美しいと思った。

「私は、秋が嫌い、でした。誰も来ないの、に、木々や実が色づいて、地面に落ちて、腐って、いく。それを見る、のが、たまらなくいやで……でも、やっと秋が好きに、なれまし、た。玉雪、殿に出会えた、季節だから」

「安天様……」

安天が玉雪を振り返った。はかない表情ばかり浮かべていたその顔は、花がほころびるように笑っていた。

「行って、きます、玉雪殿」

「あい。行ってらっしゃいませ」

少年は走りだした。両腕を広げ、まるで巣立ちの雛が羽ばたくように風に身をまかせる。そうして……。

消えたのだ。

玉雪はそのまま安天が消えた方を見つめていた。と、背後から背の高い男が現れた。空恐ろしいほどの美貌を赤い半割の面で隠し、三本の銀の尾をひらめかせる男。

玉雪は心底驚き、声をあげた。

「つ、月夜公様！　見守っていてくださったんですか？」

馬鹿を言うなと、妖怪奉行の月夜公は鼻で笑った。

「気が向いて、たまたまここに来ただけじゃ。……まあ、確かに少しは気にかけておったがな。あの鬼めはかなりの妄執におおわれておったからの。せっかくばば殿のところで助けた小妖怪に、こんなところで死なれては、さすがに気持ちよいものではないわえ」

そう。鈴白の姥狐の住まいで襲われた玉雪が助かったのは、ひとえに月夜公のおかげだった。

あの時、突如現れた月夜公は、その腕の一払いで、玉雪を引き裂こうとしていた清子の影を追い払ってくれたのだ。

　玉雪は深々と頭をさげた。

「月夜公様……お力添え、本当にありがとうございました。命を助けていただいたうえ、あのぅ、うぶめ様との橋渡しをしていただいて」

「ふん。そう恩に着ることはないわ。吾がうぬを助けたのは、うぬが吾が乳母であったばば殿の客であったからじゃ。客に死なれては、ばば殿が気の毒じゃからの。そのまま、うぬと鬼の話を聞いたのはただの偶然。うぶめを呼ぶことに至っては、単なる気まぐれにすぎぬ。しかし……よかったではないか、あの子供が無事に逝って」

「はい。もう長いこと、ずっと縛り付けられていましたから。あのぅ、とても嬉しそうに笑っていました」

「うむ。吾も見た。……思えば哀れな子じゃな。母の執念で産み落とされ、母の執念によってこの世に縫いとめられていたのじゃから。恐らく、自分の命がとうに尽きていることにも、気づいておらなんだであろうよ。うぬは二人、救ったことになるな」

「い、いえ、あたくしは、そんな……あのぅ、と、とんでもないことで」

　慌てる玉雪に、ふふんと、月夜公はまた鼻で笑った。

「まあよいわ。吾はそろそろ引き上げる」

「あ、あのぅ……」

「なんじゃ?」

「安天様があたくしに、あのう、栗林をくださったのですが」

「ああ、そんなことを申しておったの」

「……あたくしなどがもらってしまって、本当にいいのでしょうか?」

知らぬと、月夜公はそっけなく答えた。

「そんなことは知らぬ。うぬがもらったものじゃ。うぬの好きにすればよい」

そう言って、月夜公は去った。

一人残った玉雪は、ゆっくりと裏山のほうに目を向けた。わずかの出会いだったが、それでも安天のことは忘れない。来年も、そのまた次の年も、きっとここを訪ねよう。凪となった少年に、「今年はどこへ行きました? あたくしのほうは、こんなことがありましたよ」と告げるために。

そう決めて、玉雪もその場を立ち去った。


玉雪の話はそこで終わった。

それまで息を詰めて聞き入っていた弥助は、恐る恐る尋ねた。

「それじゃ、その安天って子は……幽霊、だったってこと？」

「あい。たぶん、たった一人で寺に残され、あのぅ、飢えと寒さで亡くなったんだと思います」

「……なんで気づかなかったんだろう？　その、自分が死んだってことに？」

「……」

口を閉ざす玉雪のかわりに、横にいた千弥が静かに言った。

「たぶん、母親のせいだろうね」

「母親？」

「そう。清子という女さ。その女が、死んだ子供の魂を捕まえてしまったのさ」

「ど、どうして？」

「自分がこの世にとどまるためだよ」

千弥は侮蔑に満ちた冷たい笑みを浮かべた。

「清子は子供を守るために鬼となった。だが、守るべき子供がいなくなれば、自分ももはや存在できなくなる。そうならないよう、子供の魂を自分に縛り、あたかも生きているように思わせた。……安天という子供は、ずっと母親によって操られていたんだよ」

「……その糸を、玉雪さんが切ったんだね」

二人に見つめられ、玉雪は顔を赤らめた。

「そんな立派なことでは……あのぅ、月夜公様がお力を貸してくださったから、できたことでしたし」

「そんなことない。玉雪さんがやったんだ。いいことをしたんだよ。……それじゃ、今日、寺の前にいたのは……安天に話しかけていたんだね？」

「あい。色々と報告をしてたんですよ。あのぅ、風に乗って、きっと安天様のところに届くと思いますので」

「そうだね。……で、何を話したんだい？」

興味津々の顔をしている弥助を、玉雪は慈愛の目で見返した。

安天との出会いから、すでに数年が経っている。その間に色々なことがあったが、一番の大きな出来事は、捜していた子供を見つけられたことだ。

かわいいかわいい智太郎。もう智太郎という名前ではなくなっていたけれど、ちゃんと生きて、元気に育っていた。そのことがとにかく嬉しい。

あたしも、あたしの幸せを見つけましたよ。

今日は安天にそう伝えてきたのだ。

だが、それは安天と自分だけが知っていればいい。だから、玉雪はにっこりと笑って、「それは秘密です」と言ったのだ。

紙の声

宮本紀子

今日、太一ははじめての奉公にあがるというのに、朝から母親と喧嘩した。父親の形見を持っていけと、うるさく言って押しつけるのだ。

「奉公にこんなの持っていってもしかたないだろ」

太一は母親に形見を押し返して、溜め息をつく。

大工の父親が足場から落ちて死んだのは、年が明け、松がとれてすぐのことだった。落ちたと知らせをうけたとき、太一は驚くよりも、だから言わんこっちゃないと思った。そう思うほど、十一の太一から見ても、父親は粗忽者でお調子者で、そして馬鹿がつくほどお人よしだった。

その日も、前の晩に降った雪が朝になっても残っていて、太一は行くなととめたのだ。なのに、父親は施主が新しい家を心待ちにしているからと出掛けていき、あんのじょう凍てた雪に足を滑らせて転落したのだった。しかし、まさか死ぬとは思ってもみなかった。

北枕に寝かされた父親の顔から白い布をとれば、父親は「おっ」と言うように口を尖らせていた。それが酒に酔ったときによく見せていた、ひょっとこを真似たような顔で、太一は呆れた。

突然亭主に死なれ、母親は涙をはらはら流したが、太一は泣けなかった。これからどうすんだよっ、と腹が立って腹が立ってしかたがなかった。

三人で暮らした深川(ふかがわ)の裏店(うらだな)からもっと狭い裏店に移り、母親は差配(さはい)の世話で仕立物の賃(ちん)仕事をし、太一も近所のお使いをして小銭を稼(かせ)いだ。そうやってどうにか暮らしていたのだが、母親はもともと体が弱かったのに加え、疲れが溜(た)まっていたのだろう、父親が死んでそろそろ半年という夏の蒸し暑さが増したころ、とうとう寝込んでしまった。

すぐに暮らしは苦しくなったが、太一はそれよりも、おっ母(か)さんまで死んじまったらどうしようと震(ふる)えあがった。そんな息子の胸のうちを知ってか、母親は寝床の中から「太一をひとりぼっちにするもんかい」と笑ってくれた。でも自慢に思っていた母親のすっきりとした美しい面差(おもざ)しには影がさし、儚(はかな)げで、ふいっと消えてしまいそうで、太一から怖(こわ)さは去らなかった。

太一は慣れない看病と煮炊きを必死でやった。水っ気(け)の多い粥(かゆ)を拵(こしら)えていると父親の呑気(のんき)な死顔が思い出され、太一はまた腹が立った。

母親はどうにか起き上がれるようになると、口入屋(くちいれや)へ仕事を探しに行くと言い出した。働かないと食っていけないのは太一だってわかっている。が、母親の体はまだ本調子ではない。それに長屋のおかみさんたちに「口入屋は妾(めかけ)奉公の世話をしたりするんだよ」「そうそう、仲居(なかい)の仕事だといって怪しい料理茶屋をすすめたりしてさ」と、散々あこぎな話を聞かされたものだから、面差しに影がさしたといってもやはり器量好しの母親が心配で、太一は一緒に行くことにした。

口入屋の主人は太一の父親のことを知っていた。この家を建ててくれたんだと懐かしがり、死んだと話すと驚き、太一親子をたいそう憐れんでくれた。母親の体があまり丈夫でない、とも知った主人は、

「ちょうどいい仕事口があるんだが」

と、向島の寮で暮らす大店の隠居の世話を紹介してくれた。

「ちょいと気難しい女隠居でねえ。なかなか世話するひとが居つかないんだよ」

そのかわり給金はいいという。

「しかし当然、住み込みだ。それに子連れは駄目なんだよ。うるさいと言ってね」

主人は太一をちらと見た。

そこらのぎゃあぎゃあ喚く子どもと一緒にすんなと思ったが、太一は黙っていた。

主人は指に唾をつけ、分厚い帳面を捲ってほかの働き口も読み上げた。料理茶屋の仲居、お店の女中――。どれも怪しい店ではなかったが、まだ病みあがりでふらつく母親には無理だと太一は感じた。口入屋の主人も、年寄りの世話をして静かな向島で暮らすのがいちばんだとすすめる。

「どうだい、ちょいと早いが息子を奉公に出してみちゃあ」

母親は首を横へふった。実を言うと父親が死んですぐ、世話になっていた大工の親方が、太一をうちで預かろうと言ってきたことがあった。父親のような立派な大工にしてみせる、と。しかし母親は頑として首を縦にはふらなかった。

「親方、堪忍しておくんなさい。この子まで足場から落ちたらと思うと、もうもうあたしは」と母親は青くなり、「意気地がない、やっぱり女親は駄目だとお思いでしょうが、この子には地面に足をつけていられる生業をしてほしいんです」と頭を下げた。

太一だって大工はごめんだった。父親のようになんかなりたくない。足場から落っこちて死んだ大工のどこが立派だ。それでも今のままでは母子ふたりして食い詰めてしまうことはわかっていた。そして口入屋にきて、自分がいては母親の奉公の妨げになることもわかった。

だから太一は聞いてみた。

「おじさん、おいらを奉公させてくれるお店なんてあるのかい」

「ああ、それもちょうどいいのがあってね」

口入屋の主人はまた唾をつけつけ帳面を捲る。

「日本橋の堀江町にある相模屋さんというお店でね」

世間で立場とよばれる紙屑問屋だと主人は太一に教えた。

「紙屑問屋？」

「ほれ、浅草紙があるだろ。あれの元になる紙を扱っている問屋だよ」

紙屑問屋は、紙屑買いが市中を歩きまわりながら集めた古紙を買い取り、浅草山谷辺りの紙問屋へ卸すのを生業としている。古紙は、卸した紙問屋で漉き返され、「浅草紙」に生まれ変わるのだという。

太一も浅草紙なら知っている。値段は安く、小間物屋や木戸番小屋のよろず屋など、江戸市中どこにでもあり、誰もが安心して買える紙だ。

「相模屋さんは主人の清兵衛さんと老番頭さん、それに女中さんがひとりいるだけの、こぢんまりしたお店でね。この清兵衛さんがまだ二十歳そこそこの若さだというのにしっかりしたお方で、小僧には自ら読み書きを教えると言いなさるんだよ」

父親が死んでからは月々の謝儀が払えず、太一は手習い処に行っていなかった。だから「そいつはちょうどいいや」と太一は言った。

「おっ母さん、おいらそこへ奉公に行くよ」

本当は奉公になぞ行きたくなかった。太一だって母親と離れたくない。手習いなんてどうだっていい。でも自分さえいなくなれば母親は向島で働けるのだ。

「そこなら足場なんてないから、おっ母さんだって安心だろ」

母親はうつむいて「ごめんよ太一」と細い顎から涙を落とした。

ああ、これもお父っつぁんが死んじまったせいだ。

奉公話は順調にすすみ、相模屋へあがるのは父親の初盆がすんだ翌日と決まった。

そして朝からの喧嘩だった。

「お願いだよ、これを持っていっておくれよ」

と母親は目頭を押さえる。

「ああ、もう、わかったよ。持っていくよ」

太一は折れた。泣く母親には敵わない。渡されたものを風呂敷包みに突っ込み、太一は位牌にあっかんべーをして家を出た。

「じゃあな、おっ母さんも達者で暮らせよ」

不安と緊張に歪んだ顔を見せたくなくて、太一は背をむけたまま手をふって、迎えに来た口入屋の主人に連れられ、「相模屋」へむかった。

相模屋は、蠟燭問屋や干鰯問屋など、大店が建ち並ぶ表通りから細い路地を入った、奥まったところにあった。口入屋の主人が言っていたように、表店に比べるとこぢんまりとしたお店で、これも聞いていたように、奉公人は白髪交じりの老番頭と、四十過ぎのお島という女中がいるだけだった。お島は長屋のおかみさんたちのように親しみやすかったが、老番頭は長く伸びた眉の奥から目をぎろりとのぞかせて、おっかなかった。ちょっと耳が遠いようで、声が大きいからなおさらだ。

主人の清兵衛は太一が知る騒がしい職人の男たちと違って、物静かなひとだった。挨拶をした太一に「お励みよ」と微笑んでくれた目はなんともやさしげだ。ただ顔色は白というより青白く、痩せてもいるからだろう、どこか暗い雰囲気を漂わせていた。

番頭から聞く紙屑問屋の商いの流れは、口入屋の主人から聞いて知っていたこともあったが、知らないこともあった。紙屑買いから買い取った古紙をそのまま紙問屋へ卸せるわけではないということだ。古紙はここで選り分ける。大まかには、墨で書かれた黒い部分が多いのが「烏」。反対に白い部分が多いのが「白紙」。千切れているのが「繿褸」で、墨以外のもので汚れているのが「落ち」。だいたいこの四種だ。単に選り分けただけでは駄目で、このとき伸し板という大きな俎板のような板に紙をのせ、馬連で皺を伸ばしていく。これが太一の仕事だった。

「こうやるんだ」

番頭は馬連を手に、わしわしと皺を伸ばす。やってみろと言われ、太一は見よう見真似でやってみた。番頭は「そうだ、それでいい」と満足そうにうなずいた。

なんだこれだけのことかい。なんのことはない仕事に太一は拍子抜けし、初日は一日中、番頭とむかい合って紙をわしわしと伸ばして終わった。

夜、店の二階にあてがわれた三畳ほどの狭い部屋で、太一はひとり夜着に包まりながら、深い溜め息とともに朝からの緊張を解いた。これから毎日あの単調な作業がつづくのかと思うとちょっとうんざりしたが、まあ、楽な仕事に越したことはない。

「おやすみ、おっ母さん」

太一はその夜、よく眠った。

しかし翌日になって、そんなに甘くないことに太一は気づかされた。体のあちこちが痛いのだ。とくに腕と背中がぱんぱんに張っていた。お島に頼まれた水汲みをどうにか終わらせて朝飯の席についても、箸を動かすのにも難儀するほどで、太一はとうとう痛みに「うぅっ」と呻いて味噌汁の椀を箱膳に戻した。それを見たお島が「おやまあ」と苦笑した。

「容易いようでいて、この仕事も結構大変だろ」

仕事を侮っていた胸のうちをお島に見透かされ、太一はうつむく。隣で沢庵をぼりぼり嚙んでいた番頭が、「どれ、見せてみろ」と太一の肩に手をあてた。

「おいら平気です」

痛みに痩せ我慢する太一を、お島はだめだめと窘める。

「はじめが大事なんだよ。こっちだって、すぐにやめられちゃ困るしさ」

お島は、実は小僧は太一で二人目なんだよと打ち明けた。

「店のことは、今までは番頭さんがひとりでやっていたんだよ。けど、もう年だろ。近頃じゃあ、肩が痛くて思うように動かせなくてね。見かねた旦那さまが、手伝う小僧をひとり置こうと決めなすったんだ。でも最初の小僧はすぐに音をあげちまって、三日ももたずに家に帰っちまった」

「これもこつがあってな、そのうち力の加減がわかってくるさ」

番頭は太一の肩を上下左右とゆっくり動かしてゆく。

「でも番頭さん、それまではいてもらわないと」

案じるお島に、太一は「痛てて」と顔をしかめて言った。

「お島さん、おいら、やめませんよ。やめたくっても、おいらにはもう帰る家なんてないから」

今日は母親が長屋を引き払って向島に行く日だった。

番頭が言ったように、十日もすると体のどこに力を入れたらいいか、太一もなんとなくだがわかってきた。単調だと思っていた作業も、番頭にかかれば匠の技のようでかっこいい。それに古紙自体の面白さに、太一は気づいた。手紙の書き損じや、瓦版、古い帳面、黄表紙本に暦など、実にさまざまなものが集まってくる。古い番付を手に、番頭がぼそりぼそりと昔語りをしてくれるのも面白い。わからない字があればすぐに教えてもくれる。常磐津や清元の稽古本の反古が出てきたときには、長年ひとりでやってきた癖なのか、調子っ外れで唄い出すから、笑いを堪えるのに往生するが。

そろそろお店の暮らしにも慣れただろうからと、このころから店が閉まってからの手習いもはじまった。

細い廊下の奥の、中庭に面した主部屋で清兵衛とむかい合う。

「なにか困ったことはないかい」

主人に尋ねられ、太一は番頭の調子外れの唄のことを話した。

清兵衛は行灯の灯りの中、色白の顔を赤く染め、声をあげて笑った。

「番頭さんはちょいと耳が遠いからね。あれでもこっそり唄っているつもりなんだよ」

「なんだ、旦那さまも知っていなさったんですか」

「ああ、でも言っちゃあいけないよ。気持ちよく唄っているんだから」

清兵衛は唇に指を一本立てる。やさしい主人だ。それは太一に対しても同じで、読み書きをかねて手紙の書き方を教えてやろうと言ってくれた。太一の家の事情を

汲み、

「向島にいるおっ母さんに、元気で頑張っていることを知らせておやり」

という心遣いだった。

「いろんなことを書いておやんなさい。親はどんなことでも知りたいだろうから」

「えーと、おいらの仕事と、そうだ、番頭さんの唄のことも書いていいですか」

「そうだね、こっそり教えるのはいいだろう」

「あと、お島さんの飯がうまいことも」

「ははは、そうかい。お島の飯はうまいかい。そりゃあ喜ぶよ」

そら、書き出しはこんなふうに書くんだ、と手をとり教えてくれる清兵衛から、微かによい香りがした。

部屋から眺める夜の中庭に、梅が枝を伸ばしているのが見えた。庭を囲むように廊下縁がつづいていて、その先には離れの座敷が黒く静かに佇んでいた。

その日も朝から番頭は古紙を選り分け、太一は紙を伸ばしていた。昼からも同じだった。途中で厠に立ったとき、内玄関でか細い訪いの声が聞こえた。台所から出てきたお島が、客を奥へと案内していく。

太一が奉公にあがって、そろそろひと月。その間、客が訪れるのを何度か目にしていた。客の相手は清兵衛の役目のようだ。きっといらなくなった帳面などを、ずいぶんいい紙だから高く買い取ってくれと清兵衛に売りに来ているのだろうと、太一は考えていた。奉公人だけの朝飯の席で、太一はそのことを聞いてみたことがあった。お島は番頭へ忙しなく目を動かし、番頭は「まあそんなところだ」と長い眉をわずかに揺らした。

今日の客は若いおかみさんだった。頬がやつれ、なにやら思いつめている様子は、太一に父親が死んですぐのころの母親を思い起こさせた。

客の女は中庭のむこうの離れへ行くはずだ。客を迎えるときは決まってあの座敷だ。どんな古紙を持ってきたんだろう。きっと皺ひとつないきれいな紙だろうから太一の馬連に用はない。太一はちょっと残念に思いながら店へ戻った。

紙屑買いがどっさり集めてきたのは、手習い処の書き損じで、丸められた紙だった。いっぱいに書きなぐられた真っ黒な紙は、選り分けは「烏」だ。それでも「いろはに」と綴られた文字は読めた。中には習いはじめたばかりなのだろう、小さくて自信なさげな文字もあった。へたでももっと大きく書けばいいのにな。太一がそんなことを思いながら馬連に力を入れ、わっしわっしと皺を伸ばしていたそのときだ。

（あたし、手習いなんてきらい）

女の子の声が聞こえた。それもすぐそばで。太一はぎょっとして辺りをきょろきょろ見回した。当たり前だが誰もいない。むかいで番頭が黙々と紙を選り分けているばかりだ。それでも太一は確かめてみた。

「番頭さん、今なにか聞こえませんでしたか」

「ん、なんだって」

番頭は耳に手をあてる。そういや番頭さんは耳が遠いんだった。いや、きっとおいらの空耳だ。太一は気を取り直してまた紙に馬連をあて、皺を伸ばした。

（だって、おみっちゃんと遊べないんだもの）

今度ははっきり聞こえた。紙からだ。紙がしゃべった。

太一はうしろへ仰け反り、ずずっと尻を板の間に滑らせ、目の前の紙から後退った。すると紙の真上に白くて細長いなにかが漂っているのが見えた。煙？　そういや、さっきからなにやら匂いもしていた。この香り、どっかで嗅いだような……。

白いものは確かに煙なのだが、もっとくっきりはっきりしていた。たとえるなら綿のような。その綿のような白いものがぽーんと跳ね、伸し板の横に置かれた籠の中へ飛び込んだ。その拍子に選り分けられた紙がぱっと舞い上がり、同時に声が弾けた。

（ほら見ろよ、お師匠さんの顔を描いたぜ）

（あー、早く終わんないかな）

（おっ、なかなかうまく書けたぞ）

さまざまな子どもの声が板の間に響き渡る。

番頭が腰を浮かし、太一の伸し板をばんっと叩いた。太一は「ひっ」と悲鳴をあげる。白いものは驚いたようにまたぽーんと跳ね、逃げるように店から廊下へ飛び出した。きゃははは、と子どもの笑い声と小さな足音が遠ざかっていく。番頭は長い眉の奥の目をかっと見開き、白いものを追いかけてゆく。

「ば、番頭さん待って」

太一はひとりになりたくなくて、膝をがくがくさせながら番頭の後を追った。

離れの座敷の手前まで這うように行くと、廊下に番頭とお島の背が見えた。そのすぐ先にはさっきの女客が泣き伏している。傍らには清兵衛が悲痛な面持ちで立っている。さらに近づけば、番頭が経を唱えているのが聞こえた。お島は拝むように手をすり合わせている。

今のはいったいなんだよ。太一の背にぞっと冷たいものが流れた。

夕飯になっても、番頭もお島もあれはなんだったのか、なにも教えてくれなかった。それが余計に怖くて、太一は我慢できずに、手習いのとき清兵衛に聞いてみた。清兵衛は瘦けた頰に行灯の灯りで陰をつくり、この主人には珍しく、厳しい口調で「忘れなさい」と言うだけだった。

その夜、太一は寝られたものではなかった。昼間の出来事で頭がいっぱいで、だいぶ馴染んだこの三畳の部屋が、今夜は暗い穴ぐらのようで、下の店からはなにかが今にも駆け上がってきそうで、太一は夜着の中でぶるぶると震え、恐ろしさにぎゅっと目を瞑った。おっ母さん――。

それでもいつものように朝は来て、太一は恐る恐る紙に馬連をあてた。皺を伸ばすと紙から声は聞こえず、これもいつものように、わしわしと音がするだけだった。

それから三日、四日と日は過ぎていき、番頭もお島も何事もなかったように働いている。太一も変わらず、紙を伸ばしたり選り分けたりの毎日をつづけていた。

しかしあんなことを目の当たりにしたのだ。清兵衛に忘れろと言われても忘れられるわけもなく、日が経つほどに太一の中では怖さよりも好奇心の方が勝っていった。廊下で泣き崩れる女客は、きれいな古紙を売りに来たとは到底思えない。旦那さまのお客と、あの出来事はなにか関係があるに違いない。そう太一はひそかに推量していた。

じゃあ、なにをしに客は来ているんだい。いったいあの奥の離れでなにがあった。旦那さまはなにをしていなさるんだ。

その清兵衛は、あれからまた少し痩せた。お島が、このごろ明るくおなりになって食もすすんでおいでだったのに、と悲しがっていた。


相模屋の店前に見知らぬ男女のふたり連れが立ったのは、あと数日で八月も終わろうとしていたころだった。太一は、選り分けた紙を浅草山谷の紙問屋へ卸したあとの、がらんとした店の土間を掃除していた。

男も女も三十過ぎの似通った年で、裕福なお店の旦那とそのお内儀に見えた。女は風呂敷包みを重そうに胸に抱えている。ふたり連れは店横の内玄関へつづく路地へと入ってゆく。清兵衛の客だ。

「番頭さん、お客さんが――」

太一は店内へ振り返った。昼下がりの陽が格子窓から差し込み、その陽を背にうけて、番頭は帳場の中でうつらうつらと舟を漕いでいた。

「番頭さん」

もういちど太一は呼びかけた。返事はない。太一はそっと箒を置いた。

奥の離れをのぞくなら今だ。太一は草履を脱ぎ、店の板の間を忍び足ですばやく横切り、廊下に出た。

客を迎えていたお島が、こっちへふいと首を伸ばした。太一はすぐさま階段下の物陰に身を潜める。見つからなかったようだ。お島は客を奥へと案内してゆく。戻ってきて茶を運んでゆく。また戻ってきて、今度は台所から出てこなかった。

太一は物陰から出て台所をのぞく。お島はこちらを背にし、豆の鞘の筋をとっていた。太一は台所の前を通り過ぎ、離れへとむかった。

離れの座敷は二間ある。ひとつは仏間で、その奥の座敷が客間になっている。

太一は仏間の障子を開け、体をするりと中へ滑らせた。

「突然来られましても」

清兵衛の困惑する声が聞こえた。太一は客間との仕切りの襖へ近づいていき、身をかがめ、注意深く細く開けて中をのぞいた。清兵衛と男女がむかい合って座っているのが見えた。

「不躾なことは重々承知の上でございます。ですが、わたくしども、ほとほと困っているのでございます」

男は本郷に店を構える漆物問屋の主だと名乗り、父親が死んで相続で揉めていると隣にいる女を睨んだ。女もきつい目で男を睨み返す。

「どうぞお力をお貸しくださいませ」

男は畳に手をついて懇願した。女もお願いしますと頭を下げる。

「このままでは、兄さんになにもかもいいように独り占めされちまいます」

「独り占めしたいのはお前の方だろ」

「なんですって」

ふたりは兄妹のようで、険悪な仲だということは太一にもすぐに知れた。

清兵衛がお静かにと、ふたりを制する。

「遺言状はないのですか」

清兵衛は問う。

「あるにはあるのですが」

兄は懐から封書を取り出した。

「父親の四十九日の法要のあと、住職が預かっていたと渡してくれたのですが」

兄は二通の書状を並べた。

「一通は、店の跡をわたしに継ぐように。そして持っている地所と家作もわたしが継ぐことを認めたものでございます」

妹が勇んで言う。

「もう一通は、店を兄さんに、地所と家作は娘のわたしにと書かれてあるのでございます」

清兵衛は二通の書状をじっくりと見分する。

「たしかに、それぞれにおっしゃっていることが書かれてありますね」

だから困っているんです。ふたりはそれぞれに言って、それぞれに深い溜め息をつく。どちらが本物の遺言状なのかと。

「どちらも本物でございましょう」

「だが、どちらかひとつを選ばねば」

「ご住職は店を兄さんに、ほかはわたしが継げばいいとおっしゃったんですよ」

「冗談じゃない、この先商いがどうなるかもしれないというのに、そんなことはできませんよ」

兄妹はまた互いに睨み、いがみ合う。

「こんなことをいくら重ねても結論は出ません」

兄はそう言って、ですからこちらへ伺ったんですと清兵衛へずいっと膝をすすめた。

「お父っつぁんに聞こうと。本当に会えるのですよね」

兄妹は、今度は清兵衛を胡散臭げに見る。

太一は襖から身を引いて首を捻った。

お父っつぁんに会う？　もう死んでるんじゃないのか。

「どちらの遺言状を使われるのでございますか」

清兵衛の声に、太一は再び襖の隙間をのぞく。

「どちらを選ばれても遺恨が残るのではございませんか」

「ですからこれを持ってまいりました」

妹はそばに置いた風呂敷包みを解いた。あらわれたのは大福帳だ。

「本人が亡くなる前日まで書き記していたものでございます」

「これならどちらかに肩入れしていることもないでしょうし、なにを言われてもお互い恨みっこなし、納得しようと妹と決めてきたのでございます」

ですからお願いいたします、と兄妹は頭を下げる。

清兵衛は小さくうなずいた。

「わかりました」

「あ、ありがとうございます」

嬉々と礼を述べる兄妹にかまわず、清兵衛は己の傍らで香を焚きはじめた。膝に大福帳をのせ、その上に手を置き、静かに目を瞑る。

障子を閉て切った座敷に、香の煙がまっすぐ立ちのぼっていく。太一の鼻先にも香りが流れてくる。清兵衛から微かに漂ったあの香り。白い綿のようなものを見たときもこの香りだった、と太一は思い出す。兄妹は固唾を呑んで清兵衛と香を見比べている。太一もごくりと唾を飲み、見守った。これからいったいなにが起こるのだろう。

時が過ぎてゆく。しかしなにも起こらない。座敷に香りと煙が濃くなるばかりだ。兄妹は眉をひそめ、互いを見合った。太一は痺れかけた足を組み替えた。焦れた兄が「あのう」と言ったそのときだ。

それまでゆらゆらと天井へのぼっていた煙が、ふわりと大きく曲線を描いた。煙は細く長く、白さを増し、まるで生き物のように座敷を縦横無尽に飛びまわる。と、突然、清兵衛の体の周りをぐるぐるまわりはじめた。清兵衛が煙に包まれる。見えるのは腰から下ぐらいだ。煙がまわるのをやめた。今度はあっちが出っ張ったり、こっちが引っこんだり、なにやら形をつくりだした。だんだん人の形となってゆく。清兵衛の顔のあたりに別の顔ができてゆく。老いた男で、口をへの字にひん曲げた、いかにも頑固そうな商人という風貌だ。

「お父っつぁん」

兄と妹が甲高い声をあげ、煙の男へとにじり寄った。

太一は目を剝き、叫びそうになる口を両手でふさいだ。

「お父っつぁん、よく出てきてくれましたね。あなたの息子ですよ、わかりますか。お父っつぁんに、ぜひ聞きたいことがあるんですよ。遺言状のことです」

兄が父親に語りかける。その兄を妹が邪険に押し退けた。

「ねえ、お父っつぁん。かわいい娘が困らないようにって、わたしに地所や家作を遺してくれたんですよね」

　妹は甘え声を出す。

「いいや、商売大事のお父っつぁんだ。もし店が危なくなったときのためにと思って、わたしに地所と家作も継げと書き遺してくれたんだよ。そうですよね」

　違うわよ。お前の方が違う。兄妹はとうとう摑み合いの喧嘩になった。

　父親の顔がぼわんと大きく膨れあがった。目をぐわりと見開き、口をかっと開け、憤怒の形相へと変貌する。恐ろしい顔は煙を棚引かせて、壁や天井にどぉんどぉんとぶち当たる。顔は、ぬうっと兄に伸び、ぬうっと妹に伸び、兄妹を睨みつける。

「ひいぃ」

　兄と妹は肝を潰し、座敷から飛び出した。泣いて、なにやら喚きながら廊下を転げるように逃げてゆく。

　太一は目の前の出来事に呆然とするばかりだ。その間も憤怒の男は暴れる。障子を突き倒し、襖を叩く。床の間に活けた花を折って、ようやくとまった。目が崩れ、口が崩れ、白さが薄まると煙も薄くなり、そのまま消えていった。あとには、顔面蒼白となった清兵衛がひとり座っているだけだ。その清兵衛が前のめりにどさりと倒れた。

「だ、旦那さま」

太一は襖を開けた。清兵衛へ駆け寄ろうとしたが、腰が抜けて立てない。

「旦那さま、旦那さま」

太一はからからの喉で必死に叫んだ。

「番頭さん、お島さん、旦那さまが」


清兵衛は布団に寝かされていた。

あれからすぐに番頭とお島が駆けつけてくれ、清兵衛を主部屋へと運んだ。

太一は店を抜け出して勝手をしたことを、番頭にきつく叱られると覚悟したが、番頭は主人に目で促され、そのまま黙ってお島と部屋を去っていった。

清兵衛は太一とふたりきりになると力なく微笑んだ。

「お前がのぞいていたとはね」

「あ、あれはいったいなんですか」

太一は歯をかちかち鳴らしながら尋ねた。体は恐ろしさに震え、肌は粟立っている。

本当に死んだ人があらわれたのだろうか。太一は今も信じられない。

「忘れろと言ったって、もう無理というものだね」

太一がこくりとうなずくのを見て、清兵衛は観念したように穏やかで静かな微笑みを太一にむけた。

「そう、あれは本当に死んだ人なのだよ」

死んだ者に会いたいと、かつてその者が書いた紙を携えて、ひとは相模屋へやって来る。清兵衛はその紙に手をかざし、死者を呼び寄せ、煙を纏ってその者の憑代になるのだと話す。

「じゃあ、この前のお客も」

廊下で泣き崩れていた女客。

「ああ、そうだ。死んだ息子に会いにやってきた。息子は八つのときに風邪で呆気なく逝ったそうだ」

女客は息子が手習いに使っていた帳面を持ってきた。

「この子が腕白坊主で、呼び寄せた途端にぽんと座敷を飛び出してしまった」

そして太一を驚かせたというわけだ。

「年の近いお前を見つけ、嬉しくなったんだろうよ。おまけに手習いの紙屑だ。懐かしくもあったんだろう」

紙屑に染み付いていた子どもたちの気持ちを引っ張り出したのも、その子の仕業だと清兵衛は話す。

「お前を脅かしてやれと悪戯心が湧いたかな」

うまくいって、きゃはははと笑って逃げていったのか。

「ふふ、きっとそうだ」

「でも、どうしてそんなことが旦那さまに――」

できるのだろう。

「うちの家の者に昔から備わっている力だそうだ。屋号にもなっているが、ご先祖さまは相模の国から江戸へ流れてきた者でね、最初は紙屑拾いだったんだよ」

清兵衛のご先祖は紙を集めるために、この力を利用した。みなは面白がって紙を持ってやってきた。そうやって紙屑を集め、紙屑拾いから紙屑買いになり、問屋にまで成り上がった。もう町をまわって紙を集めなくてもよくなり、力を使うこともなくなっていったのだが、それでもどこからか聞きつけて、死者に会いたいとやってくる者たちはいた。商いがここまでになったのはこの力のお陰だからと、ご先祖は断わらなかった。そればかりか、己の死ぬ間際に、これをやめてしまえばお店が潰れると言い残し、死者の呼び寄せを子孫へ課した。

「そうして、これが相模屋の代々の当主の務めとなった」

「備わった力……代々の務め」

「そうだ。力はわたしにも備わっていて、親父（おやじ）が死んで務めの番がまわってきたってわけさ」

だがね、と清兵衛は目を太一から天井へ転じる。

「ただ憑代になればいいだけかと思っていたが、呼ぶ方、呼ばれる方、互いの想いがわたしの中へ流れてくるんだ。腕白坊主のかわいい悪戯心や、母親の我が子を慈（いつく）しむ想いばかりじゃない。今日のことでもわかるだろう」

怒り、恨み、悲しみ、不審、嫉妬（しっと）、悔恨（かいこん）――あらゆる感情が離れの座敷に渦巻き、清兵衛に押し寄せる。

「煙に包まれたわたしは荒涼（こうりょう）とした場所にいるんだよ。真っ暗で凍（こご）えるほど寒くて。そこをわたしは黙々と歩いているんだ」

「どこへです」

「さあ、どこへだろう。きっと、死……へ、なのだろうね。憑代になるたびに、命が削（けず）られていくのかもしれない。相模屋の主人は代々短命だからね」

清兵衛は、わたしもやはりそのようだと天井をむいたまま笑う。

「そんな……」

太一は全身の血が一瞬凍（こお）ったように感じた。

「旦那さま、こんなことはもうおやめください。務めより命の方が大事です。番頭さんもお島さんも、なぜとめないんだよっ」

「しかたないのさ、代々の務めはやめられない」

でもひとつだけやめる方法があるんだよと、清兵衛は口許に冷たい笑みを浮かべた。

「跡継ぎをつくらないことだ。だから、わたしは嫁を取らないと決めている。こんな思いをするのも早死にするのも、わたしで終わりにするんだ。いや、相模屋を、この血筋をわたしの代で仕舞いにするんだ」

「旦那さま……」

「それにしてもあの兄妹、えらく泣き喚いていたねえ」

そこでふと気づいたように、清兵衛は太一を見た。

「そういや、太一は泣かなかったね。怖くなかったのかい」

太一は怖かったと言った。腰を抜かすほど恐ろしかった。

でも太一は泣けない。

「おいら、涙が出ないんです」

清兵衛はしばらく黙っていたが、「ねえ太一」と呼んだ。

「お前はこのお店から出ておいきなさい」

「旦那さまっ」

「お前が嫌いで言っているんじゃないよ、その反対さ。やはり小僧を雇うんじゃなかった。お前とこうして話して、つくづく後悔しているんだよ。こんな薄気味悪いことに巻き込むのは、番頭さんとお島だけで十分だ。次の奉公先はあの口入屋さんに頼んでおくから、そこで頑張るんだ」

いいね、わかったね、そう言って清兵衛は少し寝るよと目を閉じた。

太一の奉公替えの話は、すぐに番頭とお島に伝えられたようだ。この日の夕飯の席で、お島が「寂しくなるねえ」としんみりした。

「また仏頂面の番頭さんとふたりきりだよ。でもそうだね、太一はもっと賑やかな、小僧さんも手代さんもたくさんいるお店で働く方がいいよ。ね、番頭さん」

番頭は下をむいて黙って飯を食べている。長い眉が微かに上下に揺れる。

その夜、夜着に包まった太一は何度も寝返りをうった。部屋の暗闇から昼間見た憤怒の顔があらわれそうでぞわぞわした。が、それよりも相模屋の主人が代々短命だと知れたことの方が、太一を深い恐ろしさに沈めた。

旦那さまはこれからもお務めをつづけなさる。命は削られ、そしていつか——。

それを知りながら、おいらはここから出て行くのか。あのとき手を離してしまったように。

――平気だよ、そんじゃあ行ってくるぜ。

太一は苦しさに身を丸め、頭を抱える。

嫌だ、もう誰も失いたくない。やさしい旦那さまを失いたくない。

ならどうする、と暗闇が太一に問いかける。お前にいったいなにができる。清兵衛のすすむ先にある死をどうやって遠ざける。

清兵衛が部屋の暗闇に立つ。太一に背をむけ、闇の奥へと歩いてゆく。

「行かないで」

太一は叫んで、夜着から必死に手を伸ばした。

「……そうだ。おいら、旦那さまの手を握るんだ」

それで暗闇を行く清兵衛を引きとめられるかはわからない。

それでも憑代になった旦那さまのそばにいて、しっかりと手を握るんだ。

太一にはそれしかできない。いいや、それが太一にできる唯一のことだ。

「おいら、もう決して離したりしねえ」

次に客が旦那さまを訪ねてきたら、きっと、きっと――。


客が訪ねてきたのは、それから七日経ってのことだ。ようやく起き上がれるようになった清兵衛が店へ顔を出し、太一の次の奉公先を頼むため、口入屋に来てもらうよう番頭に告げていたときだった。そこへお島が血相を変えてやってきて、こないだの兄妹がまた来たと騒いだ。

「旦那さまのお体のことを申し上げてお断わりしたのですが、本物だってわかったから今日こそはどっちの遺言状が本当か父親にはっきりさせてもらうんだ、と言いなさって」

お島はどうしましょうとうろたえる。立ち上がりかけた番頭を制し、清兵衛はお島と奥へ消えていった。

「おいら用を足しに。も、もれちまう」

太一は前を押さえて廊下へ出た。そのまま離れの座敷へと急ぐ。と、うしろから番頭が追いかけてきて太一の腕をむんずと摑んだ。

「おい、どこへ行くんだ。厠はそっちじゃないぞ」

「おいらを旦那さまのところへ行かせてください」

太一は大声で言って、番頭を強く見上げた。

「なに馬鹿なことを」

番頭はぎょっとする。茶を運んで戻ってきたお島も驚いている。

「早く店に戻りなさい。この前のことを忘れたのかい」

忘れるわけがない。今だって思い出すだけで恐ろしい。心の臓だってばくばくだ。

　でも――。太一はぐっと拳を握る。

「おいら決めたんだ。旦那さまのおそばにいて、手を握るって」

　太一は番頭の腕を振り切り、廊下を走った。

「太一っ」

　離れの座敷の障子を開ければ、すでに清兵衛は香の煙に包まれていた。憤怒の形相の父親が座敷の中を飛びまわっている。やっぱり怖くて、太一の膝はわなわな震える。追いかけてきた番頭とお島も、

「だ、旦那さま……」

　はじめて目にする光景に、茫然自失となって廊下にへたりこんだ。

　清兵衛が苦しげにがくりと畳に手をつく。

「旦那さまっ」

　太一は震える足に力をこめ、えいや、と座敷に踏み入った。清兵衛に駆け寄り、その手をぎゅっと握り締める。

　旦那さま、旦那さま、おいらここにいます。旦那さまが行ってしまわないよう、この手を握っています。絶対に離しません。太一は心の中で清兵衛に語りかけた。

恐ろしい顔は兄妹めがけて、ぬうっと伸びる。しかし兄妹は以前のように逃げたりしない。それどころか、兄は父親を睨み返した。

「ふん、もう怖くなんかないよ。死んでからも変わらない。お父っつぁんはすぐに怒鳴る。そうやって怒る人だったよ。昔からそうだ。読み書きの覚えが悪いといっては怒鳴られ、算盤の数を間違えたといっては叩かれた。店に出るようになれば奉公人になめられるな、客に愛想よくしろ、もっと売れ。妹は可愛がられているのに、わたしだけが年がら年中怒鳴られていたよ」

「あら兄さん、わたしだってそうでしたよ」

　妹はむきになる。

「お行儀よくしろって、そりゃあうるさかった。ちょっと騒いだだけでも雷が落ちて、友達は嫌がって誰も遊びにきてくれやしない。年頃になったらいい縁談がくるよう箔をつけろと言って、嫌がるわたしを無理やりお屋敷奉公に出して」

「褒められたことなんてなかったな」

「ええ、ゆっくり話をしたこともありませんでしたよ」

「いつもむっつりして、頭の中はお店のことばかりだ」

　ふたりは今までの不満を目の前の父親へ言い募る。

　さっきまで障子の桟を摑んでぶるぶる震えていたお島が、ゆっくりと畳を這って兄妹へ近づいていった。

「おふたりとも寂しかったんでございますねえ」

そう言って兄妹の背をさすり、「寂しかったんでございますよ」と漂っている父親に語りかけた。兄の唇がわななき、妹は袂で顔を覆う。

煙が大きく波打った。父親の憤怒の形相が崩れはじめる。つり上がった目が下がり、大きく開けた口が柔らかく閉じる。憑代になった清兵衛が立ち上がり、手を握っている太一を引きずるようにして兄妹の前へ行き、膝をついた。もう片方の手を伸ばし、兄を撫で、妹を撫でた。

（すまなんだなぁ）

太一の頭に声が響く。しわがれ声が詫びている。兄妹にも聞こえているのだろう、ふたりとも清兵衛の膝にすがってわっと泣き伏した。

「お父っつぁん……ごめんよ」

「ごめんなさい、お父っつぁん」

父親は我が子を撫でながら、煙の涙を流して消えていった。

「旦那さま、お加減はいかがでございますか」

客が帰った座敷で、老番頭が若い主人に聞く。

「ああ、平気だよ」

清兵衛は前のように倒れることなく、顔色もいい。奉公人一同はほっとした。が、太一は「まったくお前は無茶をするもんだ」と清兵衛からお小言を喰らった。

「だが、お前が手を握ってくれたのはすぐにわかったよ。温もりがわたしを包んでくれた。先へ歩こうとするわたしを、行くなととめてくれた。ありがとうよ、太一」

礼を言われ、ようやく太一は、ぎゅっと握ったままの汗ばんだ手を、清兵衛から離した。

「旦那さま、お島なんてあの父親に語りかけたのでございますよ」

番頭がお島を見やる。

「あたし、最初はもう怖くて怖くて」

と、お島は胸に手をあてる。

「でも、そのうち怖い気持ちは消えちまいました。どう見たって、あれは親子喧嘩でしたもの。なんだかあの兄妹がかわいそうになっちまって、つい」

「周りの暗闇が朝の訪れのように明るくなっていったよ。きっと父子のわだかまりが解けていったんだろうね」

「兄妹のわだかまりもでございますよ。兄が店と地所を、妹が家作を継ぐことに決めたと言って、帰っていかれましたから」

それにしましてもと、番頭は晴れやかな表情の清兵衛をしみじみと眺める。

「こんなふうに旦那さまをお支えすることができるなんて」

お前に教えられたと番頭に言われ、太一は畳に手をついた。

「旦那さま、おいらをここへ置いてください。そんで今日のように、お客さまのお相手をする旦那さまのおそばにいます」

おいらが旦那さまを守るんだ。しかし清兵衛は当惑する。

「お前は本当にそれでいいのかい。もっと怖い思いをするかもしれない」

旦那さま、と番頭が主人を呼んだ。

「わたしも旦那さまのおそばにおりましょう」

「あたしもでございます」

お島が太一の小さな肩を抱く。

奉公人を見回す清兵衛の目が、みるみる潤んでいく。

「みんな、恩にきるよ」

それからは、訪ねてくる客を清兵衛と相模屋の奉公人一同で出迎えた。

お前のせいで商売がいけなくなったと恨みを言いに来る者。恋女房に先立たれて、ひと目会いたいとやって来る者。過去の過ちを詫びたいと来る者。責める者、責められる者、恋しがる者、切なげに泣く者。奉公人たちは双方の身になって、怒ったり、詫びたり、泣いたり、笑ったり、互いに言葉を交わし合う手伝いをする。

今日やって来たのは、浮気性の亭主がぽっくり逝ってしまった女房だった。

「んまあー、そんなに女遊びがお盛んだったんでございますか」

しきりとお島が女房に同情する。

「いえね、あたしも亭主に浮気されましてね、我慢できずに離縁した口なんでございますよ。お内儀さんはよく辛抱されましたねえ」と慰める。

亭主は困り顔で浮いている。

番頭が憑代の清兵衛の手をぴしゃりと叩く。

「ここは男らしく謝りなさいまし」

長い眉の奥からぎろりと睨まれて、浮気亭主はしおしおと頭を下げる。

「あらいやだ、なにも謝らせたくて来たんじゃございません。浮気なんてもう慣れちまいましたよ。でもねぇ、突然逝かれたのにはまいりました。ああすればよかった、こうすればよかったって、思い悩んじまって」

女房は亭主にすり寄った。

「ねえ、お前さま、わたしを女房にしたことを後悔していなさいませんか」

亭主は不安げに見つめる女房に、実によい顔で笑う。

清兵衛の手を握っている太一の頭に、からっと明るい男の声が響く。

（なに言ってんだい、お前さんはそりゃあいい女房だったよ）

そうしてすいっと消えていった。

「まったく、口だけは死んでもうまいんだから」

女房はふふっと笑って、少し泣いた。


九月も半ばを過ぎ、朝夕めっきり冷え込むようになった。中庭の梅も葉を色づかせ、はらはらと地面へ落としている。太一は店の仕事が一段落すると、お島から庭の掃除を頼まれた。落ち葉を掻き集め、熊手（くまで）に引っかかった赤い葉をひとつ摘（つま）んだ。

「きれいだねえ」

声がして振り返ると、廊下縁に清兵衛が立っていた。

「旦那さま」

清兵衛は庭を眺めるように座り、太一にこっちにおいでと手招きする。太一は「へい」と返事をし、清兵衛の隣に浅く腰かけた。

「最近元気がないようだけど、どうしたんだい」

太一は首をふった。そんなことはない。

「そうかい。わたしには、お前が沈んでいるように見えるがね。お島だって、太一の食が細くなったと心配していたよ」

お前の元気がないのは、浮気性の亭主のお内儀さんが来てからだと清兵衛は告げる。

「あのお内儀さんが言ってたね。突然逝かれたのにはまいったって。ああすればよかった、こうすればよかったって思い悩んじまうって。あのとき、煙に包まれていたわたしの周りが急に暗くなったんだよ。なんとも言いようのない重いものが流れてきた。あれは寂しさというより怒りだ。呼び寄せた亭主の想いが流れてきたんだろうと思っていたが、日が経つにつれ、違うと思えてきた。あのご亭主は怒ってないなかったからね。じゃあお内儀さんの想いかといえば、それも違う。あれは、あのとき手を握ってくれていた太一、お前の想いじゃなかったのかい」

清兵衛は太一をのぞき込む。

「太一、お前もお父っつぁんに突然逝かれて、まいっているんじゃないのかい」

「そんなことないですよ」

太一は元気に言ってみたが、

「お前はお父っつぁんに怒っているのかい」

と清兵衛にじっと見つめられ、目を梅に逸らした。

太一の手から赤い葉が落ちる。

あの朝、と言った太一の声は掠れる。

「あの朝は雪が残っていて。おいら、足場が悪いから行くなってとめたんだ」

なのに――。

――こんな雪なんざすぐにとけちまうさ。平気だよ、そんじゃあ行ってくるぜ。

「聞かずに行っちまって、勝手に死んで、死顔なんてひょっとこみたいで」

太一は口を尖らせ笑ったが、すぐに顔は歪んだ。

「お父っつぁんが死んだとき、おいら涙ひとつ出なかった。悲しいより、腹が立って腹が立って。お父っつぁんにも自分にも」

「どうして自分にもなんだい」

太一はそれに答えず唇を嚙んだ。

ねえ太一、と清兵衛はやさしく太一を呼ぶ。

「お父っつぁんが書いたものを持っているかい」

太一はうなずいた。

「よし、それじゃあ今夜の手習いに持っておいで。太一のお父っつぁんを呼び寄せようじゃないか」

太一は驚いて清兵衛を見た。清兵衛はうなずく。

「太一の想いを伝えてごらんよ」

太一はぶんぶん首をふった。もし父親に会えば、

「おいらは怒って、いろんなことを言っちまう」

清兵衛の身にいいはずがない。

「大丈夫さ。わたしも前のような柔じゃない。ほら、あの兄妹のように親子喧嘩はしておくもんさ」

清兵衛は庭へ目を細める。

「もうすっかり秋だねえ」


その夜、太一は離れの座敷にいた。行灯の灯りのもとで折り畳んだ紙を広げる。襖の半分ほどの大きさで、墨で線が引かれている。奉公にあがる朝、母親にどうしても持っていけと言われ、風呂敷包みに突っ込んだ父親の形見だ。

清兵衛がほう、と眺める。

「家の図面だね」

太一は清兵衛の正面に座ってうなずく。

「おいらたちの家だって」

父親がいつか家を建てるぞと言って、引いた図面だった。

「そんな金なんてねえのによ」

夢物語だ。お遊びで引いたもの。それでも太一は嬉しかった。こっちは台所だ、こっちはおいらの部屋だと、二本の指でとことこと図面の上を歩き、母親とはしゃいだものだ。

清兵衛は香を焚き、膝にのせた図面に手を添える。

煙が細く立ちのぼる。静かな夜だ。外では秋の虫が鳴いている。

ふわり、と煙が大きく棚引いた。清兵衛の周りをぐるぐる渦巻く。煙はあちこち突き出したりへこんだりして、人の顔をあらわした。細面(ほそおもて)でちょっと垂れ目の、いかにも人のよさそうな男。まさしく太一の父親だった。

「お父っつぁん……」

父親は太一に驚いたように目を見張ったが、また垂れ目に戻ってへらりと笑った。

「なに笑ってんだよ。勝手におっ死(ち)にやがって、こっちはあれから大変だったんだぞ。おっ母さんもおいらも奉公に出て、別々に暮らしてんだぞ。誰のせいだと思ってんだよ。みんな、お父っつぁんのせいじゃないか」

太一は今まで胸に溜めていた怒りを父親へぶちまけた。

父親はすまなさそうに眉を下げる。

「そんな顔したって駄目だからな。もう遅いんだ。だってお父っつぁんは死んじまったんだもの」

どうにもならない事実を繰り返し口にするたび、胸の奥底から喉へ熱いものがせりあがってくる。今さらどうしようもないことだとわかっているのに、太一は言わずにはおれない。

「どうしてあの朝、おいらの言うことを聞いてくれなかったんだよ。どうして出掛けちまったんだい」

あのとき、おいらの言うことを聞いてくれていたら。いや、もっとおいらが強くとめていたら。もっともっと強く――。

――お父っつぁん、今日はやめておけよ。

摑んだ手をそのままぎゅっと握っておきさえすれば――。

「そしたら……、お父っつぁんは死なずにすんだかもしれないんだ」

あのとき、どうして握った手を離してしまったのか。

太一はずっと後悔していた。手を離してしまった自分に怒っていた。

「おいらがもっと――ごめんよ、お父っつぁん」

太一から涙がぼとりと落ちた。涙は次から次へと頬を伝う。

手が太一の両頬を包んだ。清兵衛のつるりとした手ではない、金槌や鋸を握ってできた固い肉刺が幾つもある、紛れもないお父っつぁんの手だ。その手が太一の涙を拭う。

(太一、すまねえ)

父親の声が響く。

(俺はやっぱりお前ぇの言うように、おっちょこちょいのお調子者だな。かわいい息子にこんな想いをさせてよ、どうしようもねえ親父だ。太一、なんもお前ぇのせいじゃねえ。すまなかったな、許してくれよ。へへっ、ちょいと見ねえうちにこんなに大きくなってよう。嬉しいぜ)

「お父っつぁん、おいら寂しいよ」

太一は父親の手に自分の手を重ねる。

(俺もだ。けどこうして会えた。ありがとうよ。ああ、お前ぇたちの家を建ててやりたかったなぁ)

「おいらが建ててやる。だから一緒に住もうよ」

(そいつはいいな)

太一、と父親は息子をしっかと見る。

(達者で暮らせよ。おっ母さんのことよろしく頼むぜ)

最後に、酔っ払ったときによくしていたような、おかしな顔を太一に見せ、父親はにっと笑ってふわりと消えた。目の前には清兵衛がいる。

「旦那さま……、お父っつぁんがいっちまった」

清兵衛は太一の頬からそっと手を離し、うなずいた。

太一の目からまた新たな涙が流れる。涙がぽたぽたと図面へ落ちる。

「お父っつぁん」

太一は図面を胸に抱いた。

「ねえ太一、お前はやっぱりここから出ておいき」

「旦那さまっ」

「お前にはやりたいことができただろ」

太一は図面に目を落とす。

「でも旦那さまをひとりには――」

「大丈夫だよ。わたしには番頭さんやお島だっているんだから。さあ、そうと決まれば手習いの総仕上げだ。おっ母さんにお許しをもらわなくっちゃな」

それから太一は母親にむけて手紙を書いた。

おっ母さん、お達者ですか。おいらは元気です。

おっ母さんは知っていますか。文字が書かれた紙にはその人の想いがこもっているんですよ。旦那さまに教えてもらいました。おいらのこの手紙にもこもっています。どんな想いかわかりますか。おっ母さん、おいら決めました。おいらは――。


「旦那さま、早く早く」

「番頭さん、もういい年なんだから、そんなに急ぐと転んじまってぽっくり逝っちまいますよ」

「お前は太一のハレの日に、どうしてそう縁起でもないことを言うんだい」

「だからですよ。なにかあっちゃあいけないでしょ」

「ほらほら、番頭さんもお島も、そのへんにして。行きますよ」

「ああ、待ってくださいまし」

番頭とお島が清兵衛と連れ立っていく。

「それにしてもよい天気になりましたなぁ」

番頭が曲がった腰を伸ばし、青い空を見上げた。

「あれからもう十八年ですか。こんな日が来るなんてねえ」

「番頭さん、長生きした甲斐がありましたねえ」と、お島が番頭の耳元で喚く。

「お島、所はこっちであっているね」

「ええ、前に親子三人で暮らしていた長屋の近くだと言っていましたから」

餅(もち)まきだ餅まきだぁーと、子どもたちが囃(はや)しながら駆けていく。

「旦那さま、あそこでございますよ。ほらほら、太一でございます。まあまあ、きりりとした、いい男になって。番頭さん見えますか。ほらあそこ、太一ですよ」

「ええい、耳元でがあがあと。わかっとるわい。太一ぃー」

番頭は持っている杖ごと手をふる。

太一は印半纏(しるしばんてん)を春風になびかせ、屋根の上に立っていた。

声が聞こえて下を見れば、大勢集まった輪の中に、懐かしいひとたちがこっちへ手をふっている。

「旦那さま、番頭さん、お島さん」

「太一、やったな。立派な家だ」

清兵衛が眩(まぶ)しげに見上げて笑っている。太一の母親が駆け寄り、相模屋のひとたちに涙ながらに挨拶をしている。

「はは、おっ母さんたらしょうがねえな」

母親へ手紙を書いた翌日、清兵衛は太一の父親がかつて世話になった大工の親方を訪ね、太一を弟子にしてやってくれと頭を下げてくれた。そのお陰で十一だった太一も、今や二十九の一人前の大工だ。そして今日は念願の我が家の棟上式だった。

「どうだい、お父っつぁんの引いた図面の家をとうとう建てるんだぜ。見てくれているかい」

晴れ渡った空の下、深川の町並みと無数の掘割、そして広い大川が太一を寿ぐように陽に輝いている。

太一は、傍らのもろ箱に並んだ餅をいっぱいに抱え、声を張った。

「そいじゃあ、いきやすよぉー」

大勢の人たちが手を伸ばす。

「それえー」

太一はぱっ、と両手を広げた。

青い空に紅白の餅が舞い、懐かしいひとたちの上へと降りそそいだ。

遺恨（いこん）の桜

宮部みゆき

一

話は、例によって糸吉が「ごくらく湯」で仕入れてきた。霊感坊主の日道が、何者かに襲われて大怪我を負ったというのである。

暖かな春の日差しに、うっかりすると居眠りをしてしまいそうな陽気が続いていたが、そのころ茂七たちはあれこれと忙しく、咲き始めた桜の花も、あちらへこちらへと忙しく駆け回るその途中に、つと仰ぎ見るだけの日々である。それでも、なんとか花の盛りが終わらないうちに、一度くらいは花見をしたいものだとかみさんと話しつつ、せめて旬のものをとかみさんがこしらえてくれた菜の花のおひたしをおかずに、権三とふたりで飯をかき込んでいるところに、糸吉が駆け込んできたのだった。

「あ、菜の花ですかい。いいなあ」

糸吉は用向きも忘れ、すぐに食い気のほうに走る。かみさんが笑いながら立ち上がった。

「糸さんの分もあるから安心おしな」

「それより、どういうことなのかちゃんと話せ。あの変梃な拝み屋がどうしたっていうんだい？」

「そんな言い方をしちゃ可哀相よ」と、かみさんがたしなめた。「あんた、長助坊やのこととなるとすぐにとんがるんだから。相手はまだ子供なんですよ」

確かに日道というのは通称で、本当の名は長助、御舟蔵裏の雑穀問屋三好屋のひとり息子である。歳も十ばかり、茂七から見たら、下手をすれば孫に当たる年頃だ。

茂七は鼻白んだ。かみさんの言うことはもっともで、それは茂七だってよくわかっているのである。だが、こと日道の話となると、どうにも、腹が煮えてたまらない。以前そのことを権三に話したら、「親分は、心の底では、あの小さい拝み屋さんが哀れだと思っていなさるんですよ。だから腹が立つんです」と言われたことがある。

かみさんが茶碗に大盛りにしたご飯に手をあわせてから、糸吉はどっとかぶりついた。飯を食い食い、忙しくしゃべる。

「あっしもここんとこは御用が忙しくて、ごくらく湯にはとんとご無沙汰だったでしょう。で、今朝がたちょっと顔を出してみたら、親父さんがいきなり言うんですよ。日道さまが刺客に襲われたって話、知ってるかって」

昨夜のことだという。日道は、竪川の二ツ目橋近くの商家まで、頼まれて拝みに出かけた帰り道、弥勒寺近くの両側を武家屋敷にはさまれた暗がりで、数人の男たちに襲われたのだ。男たちは一見してやさぐれ者たちばかりで、刃物こそ持っていなかったが、日道を駕籠から引きずり出し、さんざん殴ったり蹴ったりした上で、一緒にいた日道の父親と母親を脅しつけ、有り金を奪って逃げていったのだそうだ。ふた親には日道ほどの怪我はなく、ただ、日道が殴られているあいだ、手出しすることができないよう、一味に羽交い締めにされていたという。

「で、怪我の具合はどうなんだ」

「命は助かりそうだっていうんですけどね。でも、なんせ子供のことでしょう。小さいし細いし、したたか殴られて、当分寝ついちまいそうだって噂ですよ」

ごくらく湯は北森下町にある。日道の襲われた場所のすぐ近くだ。それで親父は騒ぎを知り、日道たちが三好屋へ帰る手助けもしてやったそうなのだが、一段落してごくらく湯に帰ってふと見ると、両手や着物の胸のあたりに血がいっぱいくっついていたという。

春の香りの菜の花のおひたしが急に味気ないものに思えてきて、茂七は箸を置いた。

「三好屋じゃ、お上に訴え出たんだろうな?」

糸吉は飯粒を飛ばしながら首をひねった。

「どうでしょうねえ」

「そりゃ、訴えたでしょう」と、落ち着き払って権三が言う。「こりゃ、立派な追剝ぎだ」

「それにしちゃ、俺の耳には何も入ってこねえぞ」

茂七が手札を受けている同心は加納新之介という旦那だが、茂七がずっと馴染みのあった古株の伊藤という同心が病で急逝したあと、代わりにやってきた人で、まだ歳も若いし経験も浅い。その分、茂七の働きには一目も二目も置いてくれているので、何か聞きつければ必ず茂七に知らせてくれるはずなのだ。

「ちょいと、三好屋に顔を出してみるか」

すかさず、かみさんが言った。「怖い顔で行ったら駄目ですよ。相手は子供で、しかも今は怪我人なんだからね」

「わかってるよ」

「三好屋さんのご夫婦も気の毒に……」かみさんはしょんぼりと肩を落としている。「子供が殴られたり蹴られたりしてるのを見せられるなんて、親としちゃ死ぬほど辛かったでしょうよ」

御舟蔵裏まで急ぎ足で歩いてゆくあいだに、そこここで桜の花を目にした。大川を渡って吹いてくる風も温んで、素面でも浮かれ出たくなるような日和だ。だが、茂七はずっと渋面で、懐に漬け物石でも抱いているような気分だった。

三好屋では、お店の方は普通に商いをしていた。相変わらず繁盛しているようで、客も多い。茂七が、店先で前垂れを春風にひらひらさせながら立ち働いていた若い奉公人に声をかけると、相手は一瞬身を強ばらせた。

「え、親分がどうしてご存じなんですか」

「こういう話は足が速いんだ。日道の具合はどうなんだね」

「寝ついておられますけれど……」

もじもじと前垂れをいじる。

「俺の縄張で、子供を痛めつけるなんていう性質の悪い追剝ぎがあったと聞いちゃ、捨ててはおけねえ。どうやら三好屋さんじゃあまり俺を信用してくれてねえような風向きだが、せめて話ぐらいはちゃんと聞かせてもらえねえもんかね」

若い奉公人は大いにあわてた。忙しく頭を下げたり手を振ったりして、

「いえ、けっして親分さんを粗略にしようなんて心づもりはございません。ただ、何分ことがことでございますから、まだ旦那さまもお内儀さんもとりのぼせておりますようで」

店の裏手に回り、茂七は三好屋の住まいの方へと通された。案内に出てきたのは見るからに手強そうな年かさの女中で、女中頭のたきでございますと名乗った。なんとなく喧嘩腰の物言いで、茂七はちょっとげんなりした。

「長助坊やの具合はどうだね」

おたきはきつい目をして茂七を睨んだ。

「日道さまはお寝みでございますよ」

「話はできねえか」

「お医者の先生からきつく止められています」

「なあ、おたきさんとやら。俺はこれでも、長助坊やがひどい目に遭わされたと聞いて、放っちゃおけねえと飛んできたんだよ。仇や敵を見るような目で見ないでくれねえかね」

おたきは怖い顔のままだった。「でも、親分さんは日道さまのお力を信じてないんでしょう?」

「この目で見たわけじゃねえからな」茂七は素直に認めた。「だが、それとこれとは別だ」

それでもまだ、おたきは（本当かしら）というような顔をしていたが、茂七を座敷に通しておいて、奥へと消えた。しばらくすると足音が近づいてきて、顔を出したのは三好屋の当主、日道の父親である半次郎だった。

茂七は、彼と会うのはこれが二度めのことである。茂七は、日道の霊力が本物であれ偽物であれ、幼い子供を出汁に使って商いをするような親は信用ができないと思っているので、半次郎の人となりに対して、いい感情は抱いていない。いつか機会があったらいろいろな意味でぎゃふんと言わせてやりたいという腹はずっと持っていたから、正直言って、目の前に現れた半次郎が、まるで病人のようにやつれて目を落ちくぼませているのを見て、なんとも目のやり場に困った。

「親分さんには、ご丁寧にお運びいただきまして」

一礼して進み出る半次郎の足許さえおぼつかない。

「大変な目に遭いなすったね。坊やの具合はどうです？」

「命はとりとめたようですが……」半次郎は目をしょぼしょぼさせた。

「どこの先生に診てもらってるんです？」

「浅草の馬道に、打ち身や骨折をよく治す先生がおられると聞きまして、おいで願いました。桂庵先生とおっしゃいます」

「で、診立てのほどは」

「すっかり元通りになるまでには、半年や一年はかかるだろうというおおせです」

半次郎はため息を吐いた。「子供のころに大怪我をすると、大人になるまでのあいだにきれいに治る場合もあれば、傷を受けたところが歪んでしまう場合もある。どっちになるか、こればかりは時と運に任せないとわからないが、とにかく精一杯治療しようと言ってくださいました」

腕がいいという評判を持ちながら、大丈夫私に任せなさいなどと軽いことを言わないところ、なかなか立派な医者である。茂七は少し安堵した。

「さっきも女中頭のおたきさんに言っていたところなんだが」茂七は座り直して半次郎に向き直った。「日頃のいきさつは別として、俺はね三好屋さん、子供を痛めつけるような不届きな追剝ぎを、俺の縄張にのさばらせておくわけにはいかないんだ。きっと捕まえてみせるつもりだよ。昨夜どういうことがあったのか、正直に話しちゃくれねえかね」

半次郎はうつむいている。目が涙目になっているようだ。

「あんたら、昨夜のことをお上に訴え出ていなさらんようだが、何かはばかることがあるのかい？」

「はばかることと申しますと」

茂七は答えずに、黙って半次郎の顔を見つめた。言わなくても半次郎にはわかっているはずだと思った。

半次郎は、助けを求めるかのように、ちらちらと座敷を見回した。あいにく、誰もいないし誰も来ない。床の間の掛け軸は恵比寿鯛釣りの絵柄だったが、にこにこ笑う恵比寿様も、商いの助けはしてくれるだろうけれど、今の半次郎の助太刀にはならないようだった。

半次郎は諦めた。どのみち、茂七が出張ってきた以上、隠してもいつかは知れることだと思ったのだろう。馬鹿ではないのだ。

「伏せておくようにと、相生屋さんから頼まれまして……」

「昨夜訪ねた二ツ目橋の商人かい？」

「はい。私どもが昨夜のことを表沙汰にしますと、お上のお調べは相生屋さんの方にまで行きますでしょう？」

「そりゃそうだ」

「私どもが、相生屋さんに何を頼まれて出向いていったのか知れてしまいますわな」

茂七はうなずいた。

「先様では、それが困るというのです。確かに、外聞の悪いことでしたから」

「いったい、相生屋に何を頼まれた」

半次郎は肩を落とした。

半次郎がとつとつと話すには、二ツ目橋の相生屋は鼈甲や櫛、傘を扱う問屋なのだが、本家本店は門前仲町にあり、二ツ目橋は分家なのだそうだ。分家の当主は相生屋の長男坊で、本来なら仲町の家を継ぐべき伜なのだが、若いころの放蕩がたたって親に疎まれ、ごたごたがあった末に本家は次男が継ぎ、長男は分家へ出されてしまったという次第。

「ですから、本家と分家はひどく仲が悪いんです」

「珍しい話じゃねえな」

　はいとうなずいて、半次郎はまたきょときょとと目を動かした。茂七は、これは助太刀を探しているわけではなく、この男の癖なのだと、そのとき気づいた。こういう目つきを、他所でもよく見かけるような気もした。

「昨夜のお頼みは――その――本家のご当主が今、病で臥せっておられるとかでね、その病が――本復しないように祈禱してくれということだったんです」

　茂七は呆れたが、思わず吹き出した。

「そりゃあ外聞が悪いわな。しかし小せえ話だ。何かい、本家の当主が死ねば、分家の主人が戻って身代を継げるとでも思ってるのかね」

「それだけでもないようですよ。とにかく憎い憎たらしいという気持ちの方が勝ってるようでしたからねえ」

　身内でもめ事があってこじれると、往々にしてこういう始末の悪いことにもつれこむ。

「しかし、そんな祈禱を頼む方も頼む方だが、引き受ける方もどうかしてる。だいたい、長助にそんなことができるのかい？」

　むっとした顔の半次郎に、茂七は急いで言った。「いや、俺も長助の噂は聞いてるよ。失せ物探しや憑き物落としをよくするってな。だがな、たとえ長助にそういう力があるにしたって、そのことと、人を呪うようなことをする力や技なんかとは、また別のもんじゃねえのかい？」

「できますよ、日道さまには」と、半次郎はつっけんどんに答えた。「それに親分さん、親分さんおひとりのときにはなんと呼んでもよろしいですけどね、私どもにとってはあの子は日道さまなんです。そう呼んでいただきたいですね」

内心、茂七は苦り切ったが、余計なことは言わなかった。それに、半次郎の話には大いに興味をそそられた。

相生屋がそういう目的で日道を呼んだのならば、その帰り道に襲った男たちは、相生屋の本家の手の者だ――ということも考えられるからだ。もしも、本家の者たちが、分家が本家の当主を呪い殺そうとしているなどということを知ったらば、腹も立てるだろうしそのまま放ってもおくまい。荒くれ男を金で雇い、日道が相生屋分家の依頼に応じることができなくなるよう、叩きのめさせたという筋は充分にあり得る。

ところが、茂七がそれらの考えを口に出したわけでもないのに、半次郎は首を振った。

「親分さんが、相生屋本家の人たちをお疑いなら、それはありませんですよ」

茂七は驚いた。半次郎、ますます馬鹿ではない。

「なんでだい？」

「いや……これはその……」半次郎はへどもどした。「なんとなくそう思うだけで」

「なんとなくじゃわからねえ。思いあたる節があるんだろう」

半次郎の黒い瞳が、目の玉のなかで、煮え立つ湯に放り込まれた豆の粒みたいに激しく動いた。

それで、茂七にもピンときた。

「おめえまさか……本家の方からも何か頼まれてるんじゃねえだろうな？」

半次郎は顎を前に押し出すようにしてうなずいた。「実はそうなんでして」

呆れかえる話だ。

「何を頼まれてる？」

「そちらは、病の本復祈願で」

「出鱈目なことをやりやがるなあ！」

しかし、半次郎はしゃらっとした顔になった。

「でも親分さん、片方で呪って、片方でそれを防ぐ祈禱をすれば、釣り合いがとれてよろしいじゃござんせんか。帳消しになりますからね。そうすれば、自然に任せて、元々治る病人なら治るし、死ぬ病人なら死ぬでしょう」

「見料も、両方からもらえるしな」茂七は精一杯嫌味をきかせて言った。「だけど、どっちかの祈禱は効かなかったことになるんだ。そのときには、効かなかった側の見料は返すのかい？」

「いいえ。ただ、最後の御礼をもらわないだけですよ」

床の間の恵比寿鯛釣り図の下には、いくら繁盛しているとはいえ三好屋程度の身代の商人の家には不釣り合いな青磁の壺がでんと据えてある。その因って来る所以のところを、茂七は垣間見た気がした。半次郎はまたも鋭く、茂七の視線の先に何があるかを見てとったのか、心なしか自慢げに言った。

「長崎からわざわざ取り寄せた逸品ですよ」

どうやらその逸品のなかには、三好屋半次郎の「良心」なるものの遺骨と灰が封じ込められているようである。

茂七は話の風向きを変えることにした。この線で半次郎と話し続けていると、昼飯が胃の腑にもたれてきそうだ。

「昨夜あんたらを襲った男たちは、何か言ったりしなかったかい？」

「何か言う？」

「ああ。金を出せとかおとなしくしろとか言うほかに、日道を殴りつけたりしているときにな、たとえば、もう拝み屋なんぞやめろとか、命が惜しかったらどこどこには近づくなとか、そんなようなことを」

「日道さま、ですよ」半次郎はしつこく念を押した。「さあ、はっきりとそういうことは言いませんでしたね。ただ、当分足腰立たなくしてやるんだこのいんちき坊主などとわめいていました」

そのときのことを思い出したのか、半次郎の顔が歪んだ。親の顔に戻って歪んだのが半分、日道をいんちき呼ばわりされたことで、残りの半分。

「どう考えても、ただの追剥ぎじゃねえな」と、茂七は言った。「あんたらが誰だか知っていて、狙いをつけて襲ってきたんだ。金を盗ったのは行きがけの駄賃で、本当の目的は最初から日道――さまを痛めつけることにあったんだろう」

「私もそう思います」

「となると、誰が連中を差し向けたのか探り出すためには、あんたらの商売の中身を調べてみなくちゃならなくなる。誰にしろ、あんたらに深い恨みを持っている人間が、意趣をはらすためにやらせたことだろうからな」

昨夜のことをお上に届け出なかったのは、相生屋分家の意向もあったろうが、それ以上に、これを機会にいろいろと小ずるいことをやっているのがばれてしまっては困るという、半次郎たちの側の思惑も大きかったのだろう。まったく、なんて連中だと茂七は思った。

「それともうひとつ考えられるのは、商売仇だ。日道さまが流行り始めたんで、冷や飯を食ったりお茶をひく羽目になった巫女さんや拝み屋がいるだろう。そういう連中は、あんたらのことを面白く思ってないはずだからな」

半次郎はちょっと怯えたような目をした。

「それは考えていませんでした」

よほど後ろめたいことが多くて、そちらの方にばかり頭がいっていたのだろう。

「どっちにしろ、これについちゃ、あんたらから話を聞き出して、探っていかなきゃどうにもならんことだ。今まで引き受けた祈禱だの憑き物落としだののなかで、見料のことでもめたとか、効き目がなくて悶着がおきたとか、そういう類のことはなかったかい？　商売仇らしい奴らから、嫌がらせを受けたことはなかったか？」

「さて……すぐには何とも」

「そんなら、二、三日考えてみてくれ。思い出したことがあったら書き留めてくれてもいいよ」

半次郎は軽く首をすくめた。「私は無筆なもので」

これには驚いた。実を言えば茂七も、読み書きは岡っ引き稼業に入ってから見よう見まねで覚えたもので、今でも漢字は苦手である。だが、三好屋当主の半次郎が無筆とは。

「お内儀さんは」

「あれは筆まめです」

「じゃあ、頼んで書いてもらってくれ。どんな小さなことでもいいからな。できたら、そういうことがあった大方の日付もわかると助かる」

帰り際になって、茂七は、ちらっと日道さまを見舞っちゃいけないかと持ちかけてみた。半次郎は承知したが、眠っているから声はかけないでくれと言った。

半次郎の後をついて廊下をたどってゆくうちに、鼻の曲がりそうなひどい臭いを感じ始めた。思わず顔をしかめていると、

「膏薬の臭いなんですよ」と、半次郎が言った。「桂庵先生特製の膏薬でしてね。打ち身にはめっぽうよく効くそうで、確かに臭いですが、この膏薬ほしさに江戸中から桂庵先生を訪ねてくる人が引きも切らないそうです」

日道の部屋は、茂七の通された座敷の奥の階段をあがり、二階のとっつきにあった。張り替えられたばかりなのだろう、真新しい唐紙は真っ白だ。柄も何もない。下手な絵がついていると気が散じると言って、日道が嫌うのだそうだ。

半次郎は声をかけず、唐紙をそっと開けた。膏薬の臭いが強くなった。茂七は、以前、かみさんが買ってきた卵を腐らせてしまい、ただ捨てるのも汚いと言ってそれを竈に放り込んだときのことを思い出した。

座敷の中央に、絹の布団がのべてある。夜着がふわりと掛けられており、真ん中が少しふくらんでいた。日道は、夜着に潜り込んで眠っているらしい。まるで、何かから隠れようとしているみたいだ。頭のところがちょっとのぞいているだけで、その頭も、真っ白な晒に包まれていた。

十歳ばかりの男の子の部屋だというのに、およそ殺風景なほどきれいに片づけられており、玩具の類も見あたらない。ここで日頃、長助は何をしているのだろうと茂七は思った。

「身体中、晒ぐるぐる巻きでございますよ」さすがにうなだれて、半次郎が言った。「足は両方折れてます。鼻もつぶされましてね。あの子の可愛い顔が台無しだ」

長くとどまることはできなかった。

「おい、早く元気になるんだぞ」

小さくそう声をかけて、茂七はそこを離れた。

二

それから数日のあいだ、茂七はひとまず、先から抱えていた仕事の方を片づけることに専念した。この春、冬木町から仲町のあたりにかけてひんぴんと盗みが起こり、そちらの探索に追われていたのである。一方で、誰かが猿江神社の社殿に不届きな落書きをしたうえ、灯籠をいくつか倒していったという面妖な事件も起こり、神主からの依頼を受けて加納の旦那が乗りだしたので、そっちの手伝いもあった。茂七たち一党にとっては、御用繁多の春であったのだ。

それでも、仲町に出向いていったとき、ぶらりと相生屋本店には立ち寄ってみた。そのときは権三が一緒で、相生屋の構えが大きいのと、お店の一部で小売りされている品物の高価いのとに目をぱちぱちさせていたが、茂七が三好屋半次郎から聞いた話をしてみると、権三は、おとなしい彼にしては珍しく頭をのけぞらせて笑った。

「そりゃあ、親分、半次郎にいくら時をやっても、これまでのいきさつなんか、書いてよこしやしませんよ」

「おめえもそう思うか」

「ええ。半次郎にしてみれば、長助の怪我がよくなってほとぼりが冷めればそれでいいんですからね。それに、三好屋じゃ用心棒に浪人者を雇ったという噂も聞きますよ」

権三の言うとおり、猿江神社の件が落着し、茂七がひと息ついて三好屋のことを考え始めるころになっても、半次郎はうんともすんとも言ってこなかった。念のため、三好屋の奉公人たちに、日道を叩きのめした連中が、首尾を確かめに店の周りをうろつくようなことがあるかもしれないから、見慣れない顔を見つけたらすぐに知らせてくれと言い含めておいたのだが、そちらの方も知らせがない。

「弱ったな。頭っから俺たちだけで探らねえと始まらねえか」

茂七はちょっと思案をし、浄心寺裏でなかなか元気に商いをしている読売屋を訪ねて、話の出所は伏せた上で、日道が襲われたことを書きたててくれまいかと頼んだ。この読売屋は、茂七がこの手のことをするときに力を借りるところで、今回もふたつ返事で引き受けてくれた。その日の午過ぎには、日道さまが追剝ぎに遭いなすったという読売りが、本所深川だけでなく、大川の向こう側にも出回ることとなった。

「思ってた以上に、日道の名前は知られてるんだな」

読売りが出回ると、その巻き起こした話題の大きさに、茂七は大いに驚いた。かみさんは笑っている。

「はるばる八王子の方からあの子に拝んでもらいに来る人だっているそうですからね」

三好屋からは、この話を漏らしたのは親分じゃありませんかというきつい剣つくが来たが、茂七は知らぬ顔をしていた。遣いの奉公人に日道の様子を尋ねると、どうにか話ができるようになり、重湯も飲んでいるという。それなら、近いうちに会いに行こうかと茂七は考えた。日道本人の口からも、襲われる心当たりがあるかどうか訊きたいところだ。

しかしその前に、茂七は梶屋を訪ねることにした。表向きは船宿だが、裏へ回れば深川一帯を仕切っているやくざ者の巣窟である梶屋の主人・勝蔵に渡りをつければ、少なくとも、誰かに雇われて日道を襲った男たちを見つけることはできるのじゃないかと考えたのだ。

「親分がじきじきに行きなさることはねえでしょう。あっしらが行って、まず三下と話をつけてきますよ」

権三は止めたが、茂七はじかに勝蔵と話をしたかった。例の親父とのからみがあるからである。正体不明のあの親父と勝蔵との関わりが、茂七には気になって仕方がない。

例の親父とは、富岡橋のたもとに出ている稲荷寿司屋台の親父である。めっぽう旨いものを食わせてくれ、そのうえ、茂七が行き悩んでいるとき、ぱっと目の前が開けるような助言をそれとなく投げてくれるこの親父、元は武士だったそうだが、あれこれの出来事と考えあわせると、どうも梶屋の勝蔵と知り合い――いや、血縁でさえあるような匂いがする。だとすれば、かなり突飛な組み合わせだ。

まっこうから訊くことはできなくても、一度勝蔵とふたりで話すことができれば、少しは思案の材料も引き出すことができるだろう。茂七としては、こういう機会を待っていたのである。

　ぶらりぶらりと梶屋を訪ねてゆくと、まだ軒先の掛行灯の文字さえ読めない距離にいるうちに、勝蔵の手下の若い男たちがわらわらと寄ってきた。

「天気がいいから、おめえたちも散歩かい」

　梶屋の面した掘割には、猪牙舟が二艘もやってあり、春の水にゆっくりとたゆたっている。若い男たちは表向きは船頭ということになっているのだが、手には櫓を漕いでできるはずの胼胝もなく、顔はつるりと白くて日焼けの影もない。

「親分さんはどちらにお出かけで」

「おめえらの大将に会いに来たのよ。いるかい？」

　男たちはちらちらと目配せをしあった。

「旦那はお客人と会ってるところです」

「なら、待たせてもらおう」茂七はまっすぐに梶屋へと進んだ。「座敷をひとつとってくれ。酒ももらおうか。俺だって、昼から花見酒の一杯もひっかけたところで罰はあたるめえ」

「申し訳ござんせんが、あいにく座敷は一杯で」

茂七は、梶屋の二階の開け放たれた障子窓（しょうじまど）を見上げた。そこに布団が干してある。

「あの座敷でいいぜ」

「あすこにもお客がいるんでして」若い男がひとり、口許（くちもと）をひん曲げて笑った。

「お客が布団干しに来るのかい？」

言い捨てて、なおも梶屋にあがろうとすると、男たちは茂七の前に立ちふさがった。

「腰に十手（じって）で梶屋にあがろうってのは、親分さんにしちゃ野暮（やぼ）ですね」

茂七は笑って頭を振った。「俺は勝蔵をひっくくりに来たわけじゃねえ。用があって来たんだ。頼み事があってな」

隠すことはない。取り囲んでいる男たちに、日道の件を話してみた。

「子供を殴るなんざ、男の屑（くず）だ。そうは思わねえか？　そんな連中に、おめえらの縄張（しま）でもあるこの深川を大手を振って歩き回らせておいちゃ、梶屋の名がすたるってもんじゃねえのかね」

男たちは動揺したのか、茂七を取り囲む輪がちょっと乱れた。茂七はそこを走って突破してやろうと思った。が、そのとき、梶屋の入口を入ったところの階段を降りて、のっそりと勝蔵その人が姿を現した。

「うるせえ蝿（はえ）だ」と、茂七を睨（にら）んで吐き捨てた。諸肌脱（もろはだぬ）ぎで、太りじしの腹が見えている。

「聞いてたか。そんなら話は早い」

「拝み坊主のことなんか、俺の知ったことじゃねえや」

茂七は笑った。「どうやらおめえ、灸を据えてるところだったらしいな」

勝蔵の太い肩に、もぐさの残りがくっついている。梶屋の戸口には、按摩の杖が立てかけてある。

「どっか具合が悪いのかい？　そのうちおめえだって、病本復を願って日道さまに拝んでもらう時がくるかもしれねえぞ」

「口の減らねえ野郎だ」

「俺に文句は百でも言うがいいさ。だがな、さっきも言ったが、子供を足腰立たなくなるほど殴りつける野郎が、おめえの縄張を荒らしたんだぞ。放っておいていいのかね」

勝蔵は三白眼をさらに白くして茂七をねめつけた。

「岡っ引きなんかを、俺の座敷にあげるわけにはいかねえ」

「俺だって、おめえとさしで酒を飲もうとやって来たわけじゃねえんだ」

それができたら、屋台の親父の謎も解けやすくなるのだが。

「用件だけが通ればいい。どうだ、引き受けてくれるか」

勝蔵は手下の男たちを見た。皆、勝蔵の合図ひとつで茂七に飛びかかってくるだろう。が、勝蔵はびくりとも動かず、やがて低いだみ声でこう言った。

「頼まれたから探すわけじゃねえ。縄張を荒らされちゃ、俺の顔がつぶれるから探すんだ」

茂七は喜んだ。「名目はなんでもいいさ」

日道を叩きのめした連中を見つけたら、袋叩きにしたりしないで俺に知らせてくれと、念を押した。

「俺の用が済んだ後なら、連中にどんなきつい灸を据えてくれてもかまわねえがね」

勝蔵はのしのしと引き上げていった。茂七も踵（きびす）を返した。実はこのとき、十手は差していなかったのだが、それを口にする暇がなかった。


やがて桜はすっかり咲き揃（そろ）い、枝を飾って満開の花の宴（うたげ）のころとなった。勝蔵からの知らせはまだない。この件を片づけないことには酒も旨くないし、今年は花見もお預けだなと思っているところに、茂七の許（もと）に来客があった。

あたりが来たのである。読売りを頼んだ甲斐（かい）があった。その客は若い娘で、日道さまが襲われたことについて、襲った相手に心当たりがあるというのであった。

娘の名はお夏（なつ）。歳は十八。身体は小さいが気の勝（まさ）った娘のようで、たったひとりで茂七を訪ねてきて、物怖じした様子も見せない。最初は日道さまのところへ相談に行こうかと思ったのだけれど、あちらではそれどころじゃないかもしれないと思い直し、道々、この土地の岡っ引きの親分はどこにお住まいかと人に訊きながらやってきたという。

「あたしは、神田皆川町の伊勢屋で女中奉公をしています」

粗末だが清潔ななりをしたお夏は、きちんと膝をそろえ手をついて挨拶をして、切り出した。

「伊勢屋は大きなお店で、味噌問屋です。奉公にあがって、五年になります」

「躾の厳しいお店なんだな」と、茂七は微笑した。「そうかしこまらねえでいいよ。楽にしな」

お夏は「はい」とうなずいたが、背筋をしゃんと伸ばしたまま、ひどく神妙な顔をしている。見るからに生真面目そうな娘だが、目の下のあたりがくたびれたように黒ずんでいるのが痛々しい。

「で、あんたは日道に拝んでもらったことがあるのかい？」

「いいえ。あたしがお願いしたのは人探しなんです」

お夏の許婚者で、同じ伊勢屋に住み込んでいる清一という男を探してほしいと頼みに行ったのだという。

「日道さまの噂は神田あたりにも聞こえてましたから、きっと清一さんを見つけてくれると思ったんです」

清一は伊勢屋の奉公人と言っても、手代だ番頭だというのではなく、力仕事を主にする下男なのだそうだ。

「あの人がお店でもっと偉くなる人なら、旦那さまやお内儀さんたちにも反対されたでしょうけれど、あたしたちふたりとも下働きですから、所帯を持ちたいってお願いしたら、すぐに許していただけました。そのうえ、旦那さまが請け人になってくだすったんで、あたしたち長屋に入ることもできそうだったんです。本当なら、今ごろはとっくに所帯を持って、ふたりで暮らしてるはずでした」

ところが――

「ちょうどひと月くらい前ですけれど、清一さんがいなくなっちまったんです」

一日の仕事を終え、夕飯を済ませ、湯に行くと言って出たきり戻らないのだという。

茂七は訊いた。「出かけるときは、湯に行く支度をしてたかい？」

それがはっきりしないのだと、お夏は言う。

「あたしは台所にいて、行ってくるよって言う清一さんの声を聞いただけでした。あとでお店の人たちに訊いても、よくわかりませんでした」

住み込みの奉公人には、自分の勝手気ままにできる時間はほとんどない。遣いの行き帰りさえ走って行って走って戻るというくらいだ。何とか出かけられるとしたら、仕事が終わって寝るまでのわずかな時間だろう。だから、湯に行くというのは口実で、どこかほかに行ったのかもしれなかった。

「以前にも、湯に行って帰ってくるのがひどく遅くなったということはなかったかい？」

「なかったと思います。親分さんがおっしゃったように、伊勢屋は躾が厳しいですから」

「じゃ、清一さんが、いつか誰かに会いにゆくとかなんとか言ってたことはなかったかね」

お夏はかくりとうなずいた。「ありました。あたしと所帯を持つことが決まったころから、しょっちゅう言ってました」

誰とは言わない。だが、妙に気張った顔をして、

（所帯を持って、俺も一人前になるんだ。そのことを、どうしても会って知らせておきたい人がいるんだ）

独り言のように呟くことがあったという。

「嬉しそうな様子だったかい？」

「さあ……あたしには、なんか怒ってるみたいに聞こえたことの方が多かったです。だからあたしも、強いて、それは誰のことかって訊けなくて。怖いようで」

しかし、消えた清一を探すのに、手がかりといったらそんな謎めいた台詞しかない。お夏は伊勢屋の主人夫婦に頼み込み、食も減らし寝る時間を削って心当たりを探し回ったが、清一の行方はまったくわからなかった。

「それで、日道を訪ねたというわけか」

お夏には少ないが蓄えがあった。それをはたくつもりで三好屋へ行ってみたのだが、最初は断られてしまった。お夏の出す金では、決まりの見料の半分にも満たないというのである。

だがお夏にはもうほかに手がない。必死で毎日通い、玄関先で土下座して頼み込むと、日道その人が出てきて、可哀相だから観てあげようと言ってくれたという。お夏が心をこめて「日道さま」と呼ぶのは、そのときの感謝を忘れていないからであるようだ。

「日道さまは、清一さんの持ち物を何か持ってくるようにとおっしゃいました」

そこでお夏は、彼の着物を持っていった。すると日道はそれを霊視し、ほとんど即座に、気の毒だけれどこの人は死んでいると言った。

お夏の声が、ここで割れた。辛いのだろう。泣くまいとこらえる口許が、下手な仕立物の縫い目のように引きつった。

「清一さんがひどい怪我をしているのが見える。あれでは、たぶん死んでいるだろうって。場所はまだよくわからない。もっとよく観てみるから、二、三日この着物を貸してくれって」

数日おいて、日道から遣いが来た。お夏が飛んで行ってみると、清一のいる場所が「見えた」という。

「深川の内のどこかで、広い庭に、江戸じゃ珍しい大きなしだれ桜のある家のなかだっておっしゃるんです。清一さんはそこで怪我をしたかさせられたかして命を落として、そのしだれ桜の根元に埋められてるっていうんです」

しだれ桜という手がかりひとつを頼りに、お夏は必死で深川中を探した。躾は厳しくても情には厚いのか、伊勢屋主人夫婦もお夏を哀れみ、彼女が出歩くことを許してくれただけでなく、お夏や清一の仲間である奉公人をひとり、手伝いにつけてくれた。ただし、期限は半月と区切って。半月たって見つからなかったら諦めろというのだ。

しかし、お夏の執念は天に届いた。期限ぎりぎりになって、ついにしだれ桜の大木のある家を見つけることができたのだ。

「深川の十万坪にある、角田っていう地主の屋敷なんです」

ほう……と、茂七は声に出して言った。十万坪の角田と言ったら、大地主である。当主は確か角田七右衛門。茂七とおっつかっつの年頃のはずだが、その身代と言ったら茂七が一生かかったって稼ぎ出すことのできる嵩ではない。

お夏は角田家を訪ねた。当然のことながら相手にはしてもらえなかった。先方としては、もの狂いのような若い女に突然押し掛けられ、迷惑千万というところだったのだろう。

「だけど、あたしが清一さんの名前を出したとき、ちょっとだけひるんだような顔をしました。相手をしてくれたのは角田の家の女中さんだったけど、確かに、顔色が変わったんです」

お夏はこれに力を得て食い下がった。毎日通った。するとあるとき、当主の七右衛門がじきじきに勝手口まで出てきて、乱暴にお夏を外に追い出し、小粒をいくらか投げつけて、これで諦めて帰れと怒鳴りつけた。

悔し涙がこみあげてきたのか、お夏はぐっとこらえて顎を引いた。気丈に言葉を続けたが、口が震えた。

「あたし、けっして諦めないって怒鳴り返しました。清一さんもあたしも、身寄りなんかありません。ふたりとも捨て子で、今の奉公先をつかむまで、死ぬような苦労をして、やっとここまで来たんです。あたしには、清一さんがたったひとりの家族なんです。清一さんにとっても、あたしひとりが身内なんです。見捨てることなんかできませんって」

お夏は、今も七右衛門が目の前にいるかのように、声を振り絞った。

「あたし、そのときに、日道さまに霊視でここを突き止めてもらったんだってことも言っちまったんです。清一さんはあのしだれ桜の下に埋められてるんだ、あたしは知ってるって」

とうとう、お夏の勝ち気そうな目から涙が落ちた。お夏の見たところでは、しだれ桜の根元の土が、掘り起こされたばかりのようになっていたともいう。

「で、それ以後はどうした」茂七は優しく促した。「半月はとうに経っちまってるだろうに」

「どうにもできやしません。おっしゃるとおり、期限も切れたし。あたし、お店をやめる覚悟でいたんですけど、旦那さまに叱られて止められました」

伊勢屋の主人は、日道の言うことがどこまであてにできるかわからない、あてもないことに賭けて、他人様に人殺しの疑いをかけるなんてもってのほかだ、どういう事情で姿を消したにしろ、清一は、生きていればきっと帰ってくるだろうし、帰ってこなければそれだけの男だったのだと思って諦めろと、お夏を諭したそうだ。

「それでおめえは、日道を襲わせたのが、角田七右衛門だと思うわけだな?」

お夏の目が光った。涙の名残のせいではなく、内側から、まるで剣のきっ先がひらめくように鋭く。

「そうに決まってます。角田の人たち、日道さまにもっとあれこれ霊視されたら困るから、それであんなひどいことをやったんです」

茂七は懐で腕を組んだ。お夏の言い分はよくわかるし、話の筋道も通る。角田七右衛門には怪しいところがありそうだ。何も後ろ暗いことがないのなら、闇雲にお夏に辛く当たったりせず、説いて聞かせて帰らせれば済むところなのに、犬に餌を投げるように金を投げ与えて追い返そうとしたところなど、茂七の心に引っかかる。とりあえず、十万坪に行ってみるだけの価値のある話を聞いたと思った。

三

深川は埋め立てで造られた新開地である。大川に近い方ほどよく開け、町も混み合い、八幡様の門前町はにぎわいお茶屋や遊郭は人を集める。だが、東へ進んで下総の国が近くなればなるほど、町屋は少なくなり、田畑がつらなり、元々の素顔であるだだっ広い埋め立て地の顔が露になってくる。

通称十万坪・六万坪と呼ばれるあたりは、一面に田圃が広がり、ところどころに地主の屋敷や大大名の広大な下屋敷が点在する場所だ。あまりにも広く、空は高く、掘割は青く、江戸の洒落のめした匂いに代わり、稲の青臭さと肥やしの臭いが風に乗って運ばれてくる。

地主の角田七右衛門の屋敷は、十万坪の西側に、一橋様の呆れるほど大きなお屋敷をはばかるように、少し南へさがったところに田圃に囲まれて建っていた。母屋と離れを植え込みが囲み、掘割から水を引いて庭には池をこしらえてある。

「でかいですねえ」

あぜ道を歩きにくそうに進みながら、糸吉が感嘆の声をあげた。

「こっちの方に来るのは初めてだったかい？」

「へい。木置場のあたりの方がまだ馴染みがありますね。こりゃ、とんと田舎だぜ」

途中で肥やしを積んだ荷車とすれ違うと、糸吉は顔をしかめて腰を引いた。茂七は荷車を引いていた老人を呼び止め、角田七右衛門さんに会いに来たのだが——と訊いてみた。

老人は、珍しそうに茂七と糸吉の顔を見くらべると、鰹節のような色合いにまで日焼けした頬をゆるめた。

「おまえさまたちも、お祝いにおいでなすったんですかえ」

「お祝い？　角田の家に祝い事があるのかい？」

「へい。お嬢さんが婿(むこ)をとることが決まりましたんで。今日が結納(ゆいのう)で、祝言(しゅうげん)は半月先です。そのときには、あっしらにも振る舞い酒が出るそうで」

老人を見送って、「いいときに来たな」と茂七は言った。「七右衛門も機嫌がいいだろう」

角田家に近づいてゆくと、遠くからでも、植え込みのすぐ内側、母屋の西側に、ひと目でそれとわかるしだれ桜の大木が、しなやかな枝を乱れ髪のように風になびかせているのが見えてきた。気の早い糸吉は、走って近づいて行ったが、背伸びをしたり飛び上がったりしてみても、「根元の土が新しいかどうかなんて、あっしには見分けがつかねえや」と言った。

しだれ桜は本来上方(かみがた)のもので、江戸ではめったにお目にかかることがない。だが、普通に茂七たちが目にする桜より、開花の遅いものであるらしい。枝にはまだ花びらのひとひらもなく、ただ枝全体がほんのりと紅色に染まって見えるだけだった。

どんなときにも表玄関からは出入りしないのが岡っ引きの習いである。厩(うまや)の脇を通って母屋の勝手口に回り、お役目でお尋ねしたいことがあってお訪ねしたと告げると、茂七たちは奥に通された。床の間もない、余計な飾りのない簡素な座敷だが、畳替えをしたばかりなのか、い草(ぐさ)が香る。すぐに、三好屋のおたきとはおよそ風情の違う、上品な中年の女中が茶を持ってやってきた。

供された茶碗の中身を見ると、桜湯だった。塩漬けにした桜の花びらを浮かべてあるのだ。

「お嬢さんのご結納だそうで。お祝い事のさなかにお邪魔しまして、とんだ無粋を働きました」

「いえ、とんでもない。どうぞ、気持ちだけでございますが」

一度下がった女中は、料理や酒も運んできた。茂七たちは辞退したが、祝い事だから相伴してくれという。

「旦那さまはまもなく参ります。お待たせするあいだ、どうぞお召し上がりください」

遠慮するのも失礼ですよと、糸吉は料理に手をつけた。心なし嬉しそうである。

四半刻（三十分）ほどして、七右衛門がやってきた。時が時だから、紋付き袴姿である。なかなかの偉丈夫で、目鼻立ちがはっきりとしている。髪はごま塩で、それがまた品がいい。一見して、若いころはさぞかし女泣かせだったろうと思わせる老人だった。

袴をしゅっと鳴らして、七右衛門は上座に座った。人に見上げられることに慣れきった者の鷹揚な態度だった。

「このたびは、まことにおめでとうございます」茂七は畳に手をついて丁重に挨拶をした。

「お祝い事をお邪魔しまして、申し訳ございません。おまけに私らまでご相伴（しょうばん）にあずかりまして……。本来なら日をあらためて出直して来るべきところですが、何分（なにぶん）御用の向きで急いでおりますので、失礼を承知で待たせていただきました」

　岡っ引きに訪ねて来られるなど、何もないときでさえ不愉快なことだろうに、先んじた茂七の挨拶が効いたのか、七右衛門は怒りを顔には出さなかった。

「お役目とあれば仕方がない」太い声で、てきぱきと言った。「しかし、こういう次第ですのでな。手早く済ませていただきたい」

　承知しましたと頭を下げて、茂七はお夏の一件を話した。その名を聞いたとたん、それまで上機嫌だった七右衛門の顔が曇った。祝い酒で赤くなった顔が歪（ゆが）むと、まるで仁王様のようだ。

「あの娘は気がふれているんだ」と、吐き捨てるように言った。「あんな娘の言うことを、あんたたちはまともに受け取るのかね」

　茂七は落ち着き払って言った。「お夏の言うことだけを真（ま）に受けたわけじゃありません。ほかにももろもろございまして」

　七右衛門は、勝蔵の手下みたいな粗暴な様子で、ふんと鼻を鳴らした。

「日道とかいう坊ずの言うことを、おまえさんたちも信じるのか？」

「いえ、日道が何を言ったかというより、日道が近頃人に襲われて、瀕死の怪我を負ったということの方が大事なんで」

七右衛門はびくりとした。かつてお夏が初めてここを訪ねてきて清一の名を出したとき、応対していた女中が顔色を変えたと言うが、そのときもこんな様子だったのだろう。角田家の人びとがどういう気質であれ、隠れて何をしているのであれ、かなり正直な人柄であることに間違いはなさそうだ。

「そのことが、私どもとどんな関わりがあるのだろうかね」

「私らは、お夏の言っている雲をつかむような人殺しの話ではなくて、殺されかかった日道のことを気にしているのですよ。誰がそんなことをやらせたのか、突き止めたいんです。それで、少しでも日道に怒りを抱いている様子の人たちを探し出しちゃ、こうして会いにうかがっているというわけで」

七右衛門は笑い出した。「それなら、なおさら私など関わりはないよ。馬鹿げた話で迷惑だとは思うが、かといってそれを吹聴した者をどうこうしようというほどのことではないからな」

「あのしだれ桜の根元に亡骸が埋められているなんてことを言われてもですか？」

七右衛門の笑いが消えた。

「根元の土が新しいようですね。掘り返した跡なんじゃないですかい？」

　七右衛門のくちびるが、刃物のように薄くなった。微笑したらしい。

「しだれ桜は上方のものだ」

「へい、それは存じてます」

「あちらは江戸よりずっと暖かい。こちらでは春先でも霜が降りるし、空っ風も吹く。しだれ桜を江戸で咲かそうと思ったら、始終金と人手をかけて手入れをしなくてはならないんだよ。地味が肥えるように、霜で固まらないように、根元を掘って新しい土を足すこともする。信じられないなら、うちに出入りしている庭師に訊いてみるといい」

　そのあとは、茂七が何を言っても、七右衛門は取り合わなかった。関わりない、知らないを繰り返し、話の途中で再び袴を鳴らしてさっと立った。

「同じ話を繰り返していても仕方がない。私はこれで失礼しますよ。それが必要なら家の者たちに話を訊いてもらってもかまわないが、何分、今日は娘の結納だ。ひとり娘の婿とりだから、客も呼んでにぎやかに披露している。あまり、邪魔立てするようなことは控えていただきたい」

　客がどこに集まっているのか知らないが、どんな喧噪も聞こえてはこない。それだけ屋敷が広いのだ。

糸吉はつまらなそうに、料理の残った皿の脇に両肘をついた。

「親分、あんな馬鹿丁寧な口をきくんだもんなあ。もっと脅しつけてやりゃあよかったんですよ」

「相手は大地主だ。梶屋とはわけが違うよ」

茂七は冷えた料理をゆっくりと平らげた。糸吉が厠を借りてくると立ち上がるのと入れ違いに、さっきの女中が膳を下げに来た。茂七たちがまだ居座っているのに驚いた様子だった。

「またお邪魔しますよ」と茂七が言うと、露骨に嫌な顔をした。

帰り道、屋敷が広すぎて迷っちまいそうで、どこが厠だかわからなかったという糸吉は、人目を盗んで田圃で立ち小便を垂れた。しきりに小鼻をひくひくさせ、「やっぱりあっしは、田舎は嫌いだね」と文句も垂れる。「あんな立派な屋敷だけど、家のなかまで肥やしの臭いがするんですよ。廊下の奥の方へ行ってみたら、鼻がひん曲がりそうになっちまった」

茂七は糸吉に、二日に一度は角田家に顔を出し、周りをうろうろしていることを知らせてこい、と命じた。何か訊かれても答えることはない、ただ挨拶して帰ってくればいい、と。

一方で、面が割れていない権三には、角田家の周りをつぶさに調べ、出入りの商人や小作人たちに聞き込んで、清一が姿を消した頃、角田家でいつもと違った人の出入りや不審な出来事がなかったかどうか調べ上げるようにと命令した。ふたりは──田舎嫌いの糸吉はぶつくさ言ったが──すぐにとりかかり、茂七はまた懐手をして考えた。

これという決め手がないだけに、今は動きようがない。角田七右衛門の様子は確かに妙だが、それが清一と関わりがあるのかないのか、さっぱり見当がつかない。こんなときには、かえってあたふたしないほうがいいものだ。

梶屋からはまだ何も知らせてこない。思い立って、茂七は稲荷寿司の屋台へ行くことにした。夜になって権三と糸吉が戻るのを待ち、ふたりを連れて家を出た。

花見に頃合いの夜で、富岡橋のたもとの屋台は混んでいた。並んで酒を売っている猪助も大繁盛だ。茂七は、いつもと変わらず物静かに口数少なく商いをしている親父に、権三と糸吉を引き合わせた。親父は喜び、茂七たちのために長腰掛けをひとつ空けて次々と料理を出してきた。

「相当の腕前ですね」

鰆の塩焼きをつつきながら、権三が言った。糸吉は大満足顔で料理を平らげ、居合わせた他の客たちと笑いさざめいたりして大いに楽しんでいる。

「おめえ、あの親父をどう思う？　根っからの板前だと思うかい？」

権三は穏和な顔をほころばせた。「あっしは元はお店者です。今は親分の手下になりましたけど、それでもお店者の匂いは残ってるでしょう？」

「うん。おめえはそろばん玉のような顔をしてるしな」

権三はあははと笑った。「あの親父にも、前の暮らしの匂いがあるように、あっしには見えます」

「先は何者だったと思う」

少し間をおいてから、権三は答えた。「包丁と刀は通じますね」

やはり、武士と思うのか。茂七は満足した。

酒が回るにつれて屋台の周りはにぎやかになり、お調子者が「花見の花が足りねえ。調達してこよう」などと言って出かけたかと思うと、どこかから桜の大枝を折り盗って戻ってきた。だが、茂七たちが腰を据えて飲んでいるうちに、それらの騒がしい客たちも次第に引けてゆき、真夜中に近くなると、とうとう茂七たち三人だけになった。

「そろそろおつもりにしましょうか」と、親父が声をかけてきた。「蜆汁をつくりましたよ」

茂七たちは親父の前の腰掛けに移り、熱い蜆汁に白い飯を味わった。猪助はそろそろ帰り支度にかかり、頭巾で禿頭を包んでいる。

「帰りの樽が軽くていいだろう？」と、茂七は笑った。猪助は頭を下げて帰って行った。

それを待っていたかのように、糸吉の飯のお代わりをよそいながら、親父が言い出した。

「日道坊やの件はどうなりましたか」

糸吉がぎょっとしたように親父を見上げ、権三は茂七を見た。茂七はふたりにうなずきかけてから、親父に答えた。

「それが、妙なことになってな」

糸吉が、本当にいいのかというような顔で見守る脇で、茂七は事の顛末を親父に話した。親父は黙々と手を動かしながら聞いていたが、やがて目をあげると、

「あんな子供を襲うとは、人でなしのやることだ」と、珍しく強い口調で言い切った。

「まあな。だが、日道のやり口も誉められたことじゃねえ。まあ、ぼろ儲けのつけが高くついたことは確かだが、これで少しは懲りたろう」

親父は苦笑した。額に深いしわが寄る。

「親分がそういう突っ放した言い方をなさるのは、日道坊やのときだけだ」

「そうかな。俺はそう情に厚い岡っ引きじゃないんだぜ」

「あの子に本当に霊視ができるとお思いですか」

「さて、どうだろう」茂七は蜆汁を飲み終え、椀を置いて親父を見上げた。「正直言って、わからねえんだ」

「権三さんや糸吉さんはいかがです」

ふたりはちらと顔を見合わせた。糸吉が権三を肘でつついた。

「霊視ということは、あるんじゃねえかと思います」と、権三は答えた。「ただ、日道についちゃ、少し話が大げさすぎると思いますね。いくら霊視でも、あれほど詳しく見えるかどうか」

親父は屋台の後ろに腰をおろすと、ゆっくりとうなずいた。「私も同じように思います。親分、お気づきですか。あの三好屋の半次郎は、昔、岡っ引きの手下だったことのある男ですよ」

茂七も権三も糸吉も、立ち上がりかけるほどに驚いた。

「え、ホントかい？」

糸吉は目をぐりぐりさせる。

「だって三好屋の跡取りだったのに」

「若いころに、放蕩三昧がたたって、一時勘当されていたんですよ。付き合う仲間が悪かったんでしょう。挙げ句に博打場の手入れで捕まりましてね。それがきっかけで、岡っ引きの手下になったんです。確か、本郷の方だと思いますが」

茂七やふたりの手下は違うが、いったいに岡っ引きやその小者たちは、臑に傷持つ身であることが多い。つまり、最初は言ってみれば垂れ込み屋なのだ。親父が言ったように、博打で挙げられて、罪を許される代わりにお上のために働く——という例など、岡っ引き稼業のあいだではよく耳にする話である。

茂七は、三好屋半次郎の落ち着きのない目配りを思い出していた。ああいう目つきをどこかで見たことがあると思ったものだが、そうかあれは岡っ引きの目か。あまりに近いので、かえってすぐには思い至らなかったのだ。

「しかし親父さん、どうしてそんなことを知っていなさるんです」

持ち前の滑らかな声で、権三が尋ねた。親父は微笑して、

「多少、縁がありまして小耳にはさんだんですよ」と答えた。「それより、日道坊やが霊視している事の内容は、その大方は、半次郎が調べ上げたことじゃないかと、私は睨んでいるんですが」

「というと？」

「日道坊やの霊視はいつも、その場でするものじゃあないでしょう。何日か日をおいて、ご託宣をする。探索ごとのいろはを知っている半次郎なら、それだけあれば、頼み事を持ってきた人たちの周りをざっと調べることぐらい、易しい仕事じゃ

ないですか。昔とった杵柄ですよ。もちろん半次郎だけの仕事じゃなく、たぶん、昔の仲間を頼って使っているんじゃないかとも思いますがね」

茂七は親父の意見を吟味してみて、納得できる節があると思った。なるほど、失せ物探しや人探しは本来岡っ引きの仕事だし、人の恨みを受けて祟りがかかったなどの事情も、ちょっと手間をかければ造作なく調べ上げることができる。ただ、日道の許に持ち込まれる事件は、そもそも岡っ引きが相手にしないか、あるいは頼む側が表沙汰にしたくないと思っているような類のものが多いというだけの違いである。

事情がわかってしまえば、あとは易しい。失せ物や人は見つけてやるか、手がかりを与えてやればいいのだし、祟りだ憑き物だという場合には、それらしい祈禱をあげてやればいいのだから。

「だけどそれだって、最初のとっかかりってもんが要るでしょう」と、糸吉がまだ目を丸くしたまま言った。「何のとっかかりもなくちゃ、半次郎だって調べようがねえ」

親父はうなずいた。「ええ。だから、もしも日道坊やが霊視をしているとしたら、その部分じゃないでしょうかね」

そのとき、権三が屋台の向こうの暗闇の方へ顔を振り向けた。茂七もつられてそちらを見た。

誰か近づいてくる。

「あれ、梶屋だ……」と、糸吉が呟いた。

そのとおり、勝蔵だった。何やら思いにふけっているようで、ごつい顔をうつむけ、茂七たちに気づく様子もなくひたひたと雪駄を鳴らしてやってくる。

「よう、おめえも一杯やりに来たのかい」と、茂七は声をかけた。「空いてるよ。ただ、今夜は酒を売りきって、猪助じいさんは帰っちまったがな」

勝蔵は、滑稽なほどに驚いた様子を見せた。糸吉が忍び笑いをもらしたほどだった。屋台の親父は両手を下げて、暗がりに立つ勝蔵を、まぶしいものでも見るように目を細めて見つめていた。権三がそんな親父を見ている。

勝蔵は立ち止まり、肩を怒らせた。茂七はこいつはとんだ長っ尻で邪魔をしちまったなと思った。勝蔵は今夜、どういう理由があるにしろ、親父に会いにやって来たのだ。そのことで頭が一杯だったから、今の今まで茂七たちのいることにも気づかなかったのだ。

勝蔵ははったと糸吉を睨んだ。糸吉は笑いを引っ込めた。

「連中は、まだ見つからねえ」糸吉を睨んだまま、勝蔵は茂七に言った。「だが、糸は見えてきてる。もうじき、何とかなるだろうよ」

もう、屋台に近づく気はないようだ。茂七は言った。「ありがとうよ。よろしく頼んだぜ」

勝蔵は去ってゆく。来たときよりも早足(はやあし)だ。彼の姿が闇に消えると、それまで菊人形かなんかのようにじっとしていた親父が、急に動き出した。

「親分さんたち、甘いものは欲しくありませんか」

「あっしは好きだ」と、権三が言った。「何ですか」

「季節のもので、桜餅(さくらもち)ですよ」

「親父がこしらえたのか」

「ええ。でも、桜の葉の塩漬けは間に合いませんでしたからね。菓子づくりを習いに行っているところから分けてもらってきました。来年の春には、全部自分でできるでしょうが」

小さな桜餅が、皿に載せられて出てきた。熱い番茶をもらって、茂七たちはそれを味わった。親父は桜餅を包んだものをふたつ用意すると、

「ひとつはおかみさんに。ひとつは、日道坊やの見舞いにしてください。親分は、三好屋に行きなさるでしょう?」

「ああ、行くよ。預かろう。あの子も喜ぶだろうよ」

どうせならこれも見舞いにと、糸吉が、先の客が折り盗ってきたきりそこらに転

がされていた桜の枝から、細い小枝を折り取った。

四

翌日、茂七が三好屋を訪ねてゆくと、折良くちょうど医者が来ていて、日道は起きているという。

治療が済んで桂庵が出てきたところをつかまえて、様子を訊いてみた。若々しい顔だが総髪には白髪（しらが）の混じっているところをみると、桂庵は四十ぐらいだろうか。落ち着いた口調で、多少月日はかかるが、日道は元通りの身体になるだろうと請け合った。

「先生の腕がいいからだ。いや、あっしからも御礼申します」

そばに寄ると、桂庵の身体からも例の膏薬の臭いがした。茂七の顔を見て、医師は屈託なく笑った。

「臭いでしょう。しかし、この膏薬のおかげで私は名をなしたのですよ」

「この膏薬は、先生の処方で」

「そうですよ」

「他所（よそ）では手に入りませんか」

「いや、そんなことはない。頼まれれば、つくって他所に渡すこともあります。かなりの量になるので、家内は、この調合で大わらわの毎日だ」

医師を見送って、茂七は日道の部屋へと足を向けた。長話は駄目だと釘を刺されている。土産だけでも渡してやればいいかとも思った。

日道は寝床の上に起きあがり、母親だろう、襷をかけた女が彼に寝間着を着せていた。身体は晒でぐるぐる巻きにされているが、赤黒い痣がところどころにはみ出している。片目が腫れあがり、ほとんどふさがっているのが痛々しい。座敷中に、桂庵特製の膏薬の臭いがこもっていた。

「親分さん」襷の女がさっと進み出て、日道をかばった。「三好屋の家内の美智です。お話ならあたしがうかがいますから」

「いや、いいんだよ。難しいことを言いに来たわけじゃねえ」

茂七は懐から桜餅の包みを出した。

「富岡橋のたもとに旨い稲荷寿司屋がいてな。近頃じゃ菓子もつくる。桜餅だ。あの屋台の親父のことは知ってるだろう？　先にここに来たことがあるからな」

「そっちは桜ですね」と、日道が――いや、か細い声の、今は三好屋の長助だ――茂七が片手に持っている桜の枝に目をとめて言った。

「もうそんなに咲いてるんだ」

「ああ、満開だよ。花見をし損じて残念だったな」

茂七は、桜の枝を畳の上に置いてやった。お美智は警戒するような顔つきで長助と茂七を見比べている。

「おっかさん、桜餅を食べたいよ。喉(のど)も渇(かわ)いた。お湯を持ってきて」と長助が言った。

お美智は振り向き振り向き出ていった。すごい勢いでとって返してくることだろう。時間はあまりない。

「命を拾って、よかったな」

布団の脇に近寄って、茂七は言った。長助は黙ってこっくりをした。

「おめえを襲った連中を見つけ出して、ぎゅうと言わせてやるつもりだ。だが、正直言ってどうも雲をつかむようでな。おめえに、何か心当たりはねえかい？」

長助は、無惨(むざん)に腫れあがったまぶたをしばたたき、黙っている。茂七は哀れでたまらなくなってきて、つい口に出した。

「なあ、おめえ。こんなことはもう止(や)めたらどうだ」

長助は茂七を見た。疲れたような顔をしている。

「おめえの霊視とやらは、親父さんが調べ上げたことをしゃべってるだけなんじゃねえのかい？　おめえの親父さんは、勘当が解けてここへ帰ってきて跡をとるまで、岡っ引きの手下をしてたんだ。そうだろう?」

長助は、茂七にもらった桜の枝をつかもうとして、つかみ損ねた。手も晒で巻かれている。茂七は桜の枝をつかみ、夜着の上に乗せた。

「きれいだね」と、長助は言った。

ふたりで黙り込んでいた。もうすぐ、お美智が戻ってくるだろう。茂七は諦めかけた。が、長助がうつむいたまま、ぽつりとこぼすように言った。

「本当に見えることもあるんだよ」

傷ついた子供の顔は、怖いほどに真剣で、それでいてひどく悲しそうだった。

「そうか……」と、茂七はうなずいた。「でも、見えても黙っていりゃいいだろう。おめえだって、こんなひどい目に遭わされるのは、もう嫌だろう?」

「おとっつぁんが……」

茂七は首を振った。「見えなくなったって言えばいい。三好屋は繁盛してるんだ。見料が入らなくなったって、ちっとも困りゃしねえ」

長助は茂七の目を見た。晒とまだらな痣のあいだからのぞく瞳が、そのときだけ、日道の目に戻ったように茂七には思えた。

「だけど、おいらを頼りに来る人たちをがっかりさせられないよ」

茂七は言葉をなくしてしまった。強いて心を叱咤して、続けた。

「お夏って娘が訪ねてきたときのこと、覚えてるか。許婚者を探してくれって」

同情して、じかに引き受けた話だったからだろう。日道は覚えていた。

「あの霊視はどうだ。おめえはどこまで見た？　本当に、清一って男がしだれ桜の下に埋められているのを見たのかい？」

日道は首を振った。怪我のせいで気も弱り、子供の心に返っているのだろう。てらいもなく、素直な口調で、「しだれ桜と、男の人が大怪我をしてるところまでは、見た」

「じゃ、あとはおとっつぁんの？」

「そう。調べたら、桜の木の下の土に掘り返した跡があったって。そこに埋められてることにしようって。どうせ、確かめられることじゃないからね」

今さらのように、茂七は腹が立ってきた。

「おとっつぁんも罪なことをするな」

「……ごめんよ」

「お夏にだけじゃねえよ。誰よりも、おめえに酷なことをしてるって言ってるんだ」

日道は晒に巻かれた手から指を出して、桜の花びらに触れた。

「屋台の小父さんに、桜餅ありがとうと言ってください」

「……うん」

「あの小父さんの隠してること、親分に教えようか」

茂七の心をのぞきこむように、ちょっと首をかしげ、日道は言った。

「あの小父さん、誰かを探しているんだよ。あそこで屋台を張ってるのはそのためだよ。その誰かに、とっても会いたがっているんだ」

茂七はゆっくりと言った。「それは、おめえの霊視か？」

「うん」

「じゃあ、今言ったことは腹のなかにしまっておきな」

そこへ、お美智が戻ってきた。半次郎まで一緒だった。

「もうおいとまするところだよ」茂七は立ち上がった。「倅さんを大事にな」

出てゆく茂七の背後で、白い唐紙がぴしゃりと閉まった。


それから数日後、探索の甲斐があって、権三が収穫を持って帰ってきた。角田家のそばに住んでいる小作人が、ちょうど清一が姿を消した夜、見慣れない男が地主の家に入ってゆくのを見かけたというのだ。

「病気の馬の面倒をみていて、遅くまで起きてたっていうんですよ。訊いてみると、その男の背格好は清一によく似ていました。男は、すぐには家のなかに入らずに、しばらく植え込みのあたりをうろうろしていたそうで。満月の夜だったから、小作人は男の顔も見ていました。清一の人相書きを見せたら、間違いないと言いましたよ」

では、清一はやはり角田家を訪ねていたのだ。日道は、彼が大怪我をしていると言った。その傷が因で死んだのか。死んで埋められているのか。

眉間にしわを寄せて考え込んでいると、権三が続けた。「それと親分、角田の家には、ときどき医者が出入りしてますよ」

「医者？」

「ええ。七右衛門が痛風持ちだとかで。薬箱を担いだお供を連れて、三日に一度くらいの割で医者が通ってくるんですよ」

茂七はぽかんと口を開いた。しばらくそうしていた。それから、座ったまま大声で糸吉を呼んだ。権三と一緒に帰ってきて、台所でかみさんを手伝っていた糸吉が、びっくりして飛んできた。

「何です？」

「おめえ、角田の家で厠を借りようとしたとき、あの家のなかは妙に臭いと言ってたよな？」

「へ？」糸吉は間抜けな声を出した。「臭いって、何が」

「臭ったと言ったろう。肥やしの臭いが」

「ああ、ああ、そうです」

「それは本当に肥やしの臭いだったか？　間違いねえか？」

「さあ……」糸吉は首をひねる。「どうかなあ。鼻の曲がるような臭いだったけど」

茂七は糸吉を連れ出すと、浅草の桂庵の住まいまで走って行った。家に近づくと、糸吉が飛び上がるようにして言った。

「親分、この臭いですよ！」


茂七は権三と糸吉を連れ、お夏を伴い、桂庵にも同道してもらって、再び角田七右衛門を訪ねた。お夏は走るようにしてついてきた。

清一は、確かに角田家にいるのである。ただ、殺されてはいない。たぶん怪我をして動きがとれなくなっているのだ。角田家では彼を閉じこめ、膏薬を使い医師に診せて密かに治療をしているのだろう。清一は消えたのでも、死んだのでもない。ただ、入ったきり出てこないというだけのことだ。

応対した七右衛門は、怒りを露に、知らぬ存ぜぬを繰り返していたが、茂七が小作人が清一の顔を見ていることを話し、桂庵の膏薬の臭いを指摘し、誰が使っているのかと問いつめると、ようやく折れた。

「清一は、離れに閉じこめてあります」と、悔しそうに奥歯を嚙みしめながら言った。

「あの夜押し掛けてきて騒ぎを起こしたので、家の者を呼んで止めようとしたときに、少し度がすぎてあれを痛めつけてしまいました。傷が治ったら、金を与えて江戸を出そうと思っていた」

お夏が叫んだ。「それならそれで、どうしてあたしに話してくれなかったんです？」

七右衛門は冷たかった。「話せば、事が公になる。娘の縁談にもさわるかもしれん。どうせ清一など、ろくな男じゃない。あんたも早く忘れた方がいい」

「ひどいわ！　どうしてそんなことがわかるんです」

「わかるのだ」と、七右衛門はきっぱりと言い切った。「清一は、二十年前に、私が女中に産ませた子供だからな」

七右衛門の言葉どおり、清一は離れの座敷にいた。日道よりはましな状態だが、ほとんど歩くこともできないし、右手は動かない。それでも、飛びついていったお夏を抱き留めて、何度も謝った。

「俺はおまえのところに帰るつもりだったんだ」と、繰り返し繰り返し言った。

「なんでこんなところへ来たのよ」

お夏は泣いていた。喜びの涙だが、悔し泣きでもあるかもしれない。

「あんたのこと、聞いたわ。あんたのおっかさんは、ここの女中だったって。あんたを産んで、まもなく死んだって。あんたはここを追い出されて、ひとりで苦労してきたのよ。どうして今になって訪ねてきたりしたのよ。あんな人でなし、親じゃないよ」

清一がこの家を出たのは、数えで七つの歳だった。捨てられたのではなく、俺のほうからこの家を逃げだしたのだと彼は言った。

「馬や牛よりひどい扱いしかしてもらえなかったからさ」

七右衛門の正妻は、悋気のきつい女性だったようだ。七右衛門が手をつけた女中はもう死んでいるというのに、思い出したように清一を折檻しては、昔の憂さを晴らしていた。それに耐えきれなくなって、清一は母の位牌だけを抱き、裸足で逃げた。

だがしかし、いつか一人前の大人になったら、きっとこの家に戻ってきて、自分の受けた仕打ちについて、ひと言もふた言も言ってやろうと、心の底で決めていた。子供のことだから、角田家が江戸のどのあたりにあるのか、しかとはわからなかったが、深川の内で、広い田圃に囲まれて、庭にしだれ桜の木がある家だということだけ、頭に刻んで覚えていた。いつかきっと、探しだそうと。

「忘れられなかったさ」と、清一は言った。

「俺の頭のなかにも、あのしだれ桜が生えてくるみたいだった。あの庭で殴られちゃ、飯も食わせてもらえずに、柱につながれて放っておかれた。俺にそんな扱いをしながら、角田の家じゃ、あの桜に大枚の金をかけて育ててたんだ」

しかし、いよいよ角田家に来たときには、さすがに気迷いがして、すぐには入れなかった。このまま帰ろうかと思った。決心がついたのは、あのしだれ桜が、記憶のなかのそれよりもずっと大きく太くなって、たくさんのつぼみをつけているのを見たときだ。

「最初、親父は俺がわかりませんでした」と、清一は茂七に言った。「俺が清一だって言うと、顔色を変えましたよ。所帯を持って一人前の男になるから、それを知らせに来たって言ったら、金が欲しいのかって、俺に小粒を投げつけた。かっとして何がなんだかわからなくなっちまったのは、そのときです」

清一の荒れ方が激しかったことと、角田家でもとりのぼせたのとで、事が大きくなったのだ。清一は、駆けつけた人たちに、素手だけでなく棒などでも殴りつけられ、倒れて気を失った。そのままずっと、ここにいたのだ。下手(へた)に彼を帰して騒ぎになれば、角田の家の恥になるし、娘の婿とりにも差し障(さわ)りが出ると、七右衛門が考えたためである。

「それでも、おめえをちゃんと医者に診せてくれたってことだけは、角田の家もましだったな」と、茂七は言った。

前回と打って変わって、愛想も丁寧さもかけらもなくなった女中に、清一を乗せて帰るから戸板を貸してくれと言っても、返事もしない。仕方なく、茂七たちは小作人のひとりに頼んで荷車を貸してもらった。

しだれ桜は、まだ咲いていない。枝が優美に揺れている。荷車の上でお夏に支えられながら、清一は、それが見えなくなるまで睨みつけていた。

それから二日ほど経って、梶屋が、日道を襲った男たちが見つかったと知らせてよこした。彼らはよほど震え上がったのか、茂七の問いにすら白状した。確かに、角田七右衛門に雇われたという。

茂七としては腹が煮えくり返る思いだったが、三好屋が事を公にしたがらないので、日道のことについては、お裁きの場に出すことが難しい。清一も、もう角田家とは関わりたくないという。

茂七は一計を案じた。雇われた男たちにお灸を据える役目は梶屋に任せ、彼らを骨まで萎えさせたあと、角田家に行って治療費をもらってこいと言わせた。男たちは角田家に殴り込んだ――らしい。大枚の金もせしめたのだろう。それからしばらくして、角田家の娘は無事に婿をとった。

男たちがゆすりとった治療費は、梶屋が取り上げた。そのうちのいくばくかの金は、清一に渡った――ということを、茂七は知らない。知らないことになっている。

葉桜のころになって、茂七一家は、ようやく遅い花見に繰り出した。かみさんの詰めた重箱を囲んで酒を飲み、せいぜい酔っぱらって楽しく騒いだ。

帰り道、権三が、糸吉とかみさんの耳をはばかるようにして、そっと茂七にささやいた。

「例の屋台の親父ですが」

「うん」

「元は侍だったとして、あれだけ町場(まちば)のことに詳しいのは、やっぱり不思議ですよ。縁があって三好屋のことを知ってるなんて言ってましたが、そんな簡単なことじゃねえはずだ」

それは茂七もそう思う。

「侍は侍でも、町方(まちかた)役人だったんじゃないでしょうか」と、権三は言った。「本所深川方じゃなければ、親分も顔を知らないお方がいるでしょう」

「さあ、それはどうかな」茂七は曖昧に答えた。

あの親父が、昔町方役人だったなら、いくら縄張が違おうと、茂七にもそれと見当がつくはずだ。だが、権三の言うことも当たってはいる。あの親父は、町場の探索事に携わる侍だったのだ。きっとそうだと、茂七も思う。

では、そういう役職が、町方役人のほかにあるか。

ひとつだけある。加役方――火付盗賊改がそれだ。

だが、これはあまりにも突飛で、ちょっと言い出す気になれない。だから茂七は酔ったふりをしていた。だいたい、更けてゆく春の宵に、考え事はふさわしくないものだ。

「葉桜もいいもんねえ」と、かみさんが言っている。角田家のしだれ桜も、今頃は咲いているだろうかと茂七は思った。

解説

細谷正充

　ＰＨＰ文芸文庫が贈る、現役女性作家による時代小説アンソロジー・シリーズも、本書で九冊を数える。どれも評判がよく編者としては嬉しい限りだが、なかでも売れ行き好調なのが『あやかし〈妖怪〉時代小説傑作選』と『もののけ〈怪異〉時代小説傑作選』だ。やはり妖怪やホラーを題材とした作品は、根強い人気があるのだろう。本書『ふしぎ〈霊験〉時代小説傑作選』は、その流れに連なる作品集だ。しかし妖怪や幽霊だけではなく、もう少し幅広い内容の物語も収録している。どうか、さまざまなタイプの〝ふしぎ〟を堪能していただきたい。

「睦月童」西條奈加

　冒頭を飾るのは、今年（二〇二一）、『心淋し川』で第百六十四回直木賞を受賞した西條奈加の作品だ。日本橋にある下酒問屋「国見屋」にやって来た、イオという少女。彼女は睦月神さまの子の「睦月童」であり、人の「罪」を映す不思議な目(本人は『鏡』の力といっている)を持っていた。「国見屋」の主人夫婦は、悪仲間と遊びまわっている息子の央介が、もしかしたら風神と呼ばれる三人組の盗人になってしまったのかもしれないと思い、真実を知るためにイオを招いたのだ。そしてイオが央介を見つめると……。

はたして央介と悪仲間は、本当に風神一味なのか。それは読んでのお楽しみ。ちょっとしたことで道を踏み外してしまう若者の危うさを抉り出しながら、作者はけして央介たちを見放さない。人間に対する柔らかな眼差しにより、気持ちのいい物語になっているのである。

ところでイオは何者なのだろう。気になった人は、本作を表題にした連作集『睦月童』を読んでもらいたい。イオの出生の秘密を巡り、彼女と央介の運命が、大きく動くことになるのだ。ふたりの行き着く先を、どうか見届けてほしいのである。

「潮の屋敷」泉ゆたか

俊英・泉ゆたかは、書き下ろし作品で本書に参加してくれた。喜ぶべきことである。『猫まくら 眠り医者ぐっすり庵』で、時代小説に〝ふしぎ〟の要素を入れた作者だけに、大いに期待して読んだ。そしてその期待は、心地よく満たされたのである。

江ノ島にある貝細工屋の娘だった駒は、両親の死後、江戸の簪問屋「梅屋」の三代目・久左衛門の後妻となった。もともと明朗な性格の駒だが、築地の屋敷での生活が肌に合わない。先妻の頃からいる女中たちが、自分をバカにしていると思って鬱々としている。さらに女中の話を陰で聞いて、夫婦の寝所で前の家主の老人が物取りに刺し殺されたと知った。いったいなぜ夫は、そんな場所で暮らすことに決めたのか。疑心暗鬼に陥った駒は、しだいに追い詰められ、ついに老人の幽霊を目撃する。

まるで屋敷に囚われているかのような駒が、追い詰められていく過程はサスペンスフルだ。しかし夫の心情などを理解したことで、彼女の感情が変化していく。その変化を、幽霊のふたつの姿で表現しているところが巧みである。揺れ動く人の心を、優しく掬い上げた佳品なのだ。

「紅葉の下に風解かれ」廣嶋玲子

テレビのクイズ番組を視聴していたら、作者の「ふしぎ駄菓子屋 銭天堂」シリーズのタイトルが、問題として出されていた。それほど廣嶋玲子の児童文学が、メジャーだということなのだろう。しかし時代小説ファンが作者の名前を見て、一番に思い出すのは「妖怪の子預かります」シリーズだ。訳あって妖怪の子預かり屋の代理となった十二歳の弥助が、養い親の千弥たちの協力を得ながら奮闘する、お江戸妖怪ファンタジーである。今回収録したのは、そのシリーズの一篇だ。第一巻から登場し、弥助を助けてくれる妖兎・玉雪の昔語りである。

智太郎という子供を助けられなかったことを悔やみ続けている玉雪。そんな彼女が山寺で出会ったのが、深い恐怖と粘っこい憎悪の穢れに包まれ、ひとり寺で暮らす少年だった。少年の感情に反応して他人を攻撃する穢れを、玉雪は何とかしようとする。

本作は救済の物語といえるだろう。悲しみを抱えた玉雪。絶望を抱えた少年。ふたりの出会いが、それぞれの救いへと繋がっていく。作者が凄いのは、ここにもうひとりの救済を加えたことだ。三人目は、いったい誰なのか。それが分かったとき、ストーリーの厚みが増し、深い感動を覚えるのである。

「紙の声」宮本紀子

本作も書き下ろし作品だ。「小間もの丸藤看板姉妹」シリーズが好調な宮本紀子が参加してくれたのも、喜ばしいことである。

大工の父親が足場から落ちて死んでから半年。母親は体が弱く、息子の太一は日本橋の紙屑問屋「相模屋」に奉公に出た。主人・番頭・女中の三人でやっている、こぢんまりとした店だ。太一の主な仕事は、紙屑買いから買い取った古紙の皺を、番頭と一緒に馬連で伸ばすこと。ところが「相模屋」には、もうひとつの顔があった。主人の清兵衛は、紙に書かれた文字や絵から、それを書いた死者の霊を呼び出すことができたのだ。その力を頼って、今日も「相模屋」に依頼人が訪れる。

清兵衛の能力は、紙を媒介にしたイタコのようなものである。呼び出した霊と話もできるのだから、その能力は強力だ。とはいえ代償がないわけではない。それを知った太一の行動が健気だ。一方、太一の本当の気持ちを察知した清兵衛たちの行動（太一の父親の形見の使い方がお見事）も爽やかだ。日本晴れのラストまで、一気読みの快作である。

ただし、ひとつだけ注文をつけたい。ストーリーは綺麗にまとまっているが、これ一作だけでは勿体ない設定とキャラクターである。ぜひともシリーズ化を考えてほしい。

「遺恨の桜」宮部みゆき

ラストは、本アンソロジー・シリーズの顔である宮部みゆきの秀作だ。回向院の旦那と呼ばれる岡っ引きの茂七を主人公にした『〈完本〉初ものがたり』に収録されている一篇である。と書くと、なぜ〝ふしぎ〟をテーマとした本書に、捕物帖を入れたのかと思われるだろう。ご安心あれ。読めば納得してもらえるはずだ。

御舟蔵裏の雑穀問屋「三好屋」の幼いひとり息子の長助は、霊感坊主の日道として、あちこちから引っ張りだこ。日道の父親の半次郎はそれを利用して、あくどく稼いでいるようだ。その日道が何者かに襲われ重傷を負った。霊視絡みのトラブルが原因か。事件を調べ始めた茂七のもとに、味噌問屋で女中奉公をしているお夏が訪ねてくる。彼女は行方不明になった許嫁のことで、日道に霊視してもらったという。

ここから物語は加速していき、ある騒動が暴かれる。同時に日道の霊視の真実も明らかになるのだが、その扱いが独特で面白い。さらに伏線の張り方も巧み。〝はいとうなずいて、半次郎はまたきょときょとと目を動かした。（中略）そのとき気づいた。こういう目つきを、他所でもよく見かけるような気もした〟という文章に、あんな意味があったとは！　捕物帖の中に、さらりと〝ふしぎ〟を織り込んだ、作者の手腕に脱帽だ。

以上五篇、どれも読みごたえのある作品だ。そういえば本書が刊行される頃には、東京オリンピックとパラリンピックが終了しているはずである。コロナ禍の中で、ふたつの世界大会を開催した日本がどうなるのか、現状では分からない。しかし厳しい現実が続くことは予想できる。だからこそ、フィクションの力を信じたい。ほんの一時でも〝ふしぎ〟な世界に遊んで、心をリフレッシュしてもらえたら、こんなに嬉しいことはないのである。

（文芸評論家）

出典

「睦月童」（西條奈加『睦月童』所収　ＰＨＰ文芸文庫）
「潮の屋敷」（泉ゆたか　書き下ろし）
「紅葉の下に風解かれ」（廣嶋玲子『妖たちの四季』所収　創元推理文庫）
「紙の声」（宮本紀子　書き下ろし）
「遺恨の桜」（宮部みゆき『〈完本〉初ものがたり』所収　ＰＨＰ文芸文庫）

本書は、PHP文芸文庫のオリジナル編集です。

本文中、現在は不適切と思われる表現がありますが、差別的な意図を持って書かれたものではないこと、また作品が歴史的時代を舞台としていることなどを鑑み、原文のまま掲載したことをお断りいたします。

著者紹介

西條奈加（さいじょう　なか）
北海道生まれ。2005年、『金春屋ゴメス』で日本ファンタジーノベル大賞、12年、『涅槃の雪』で中山義秀文学賞、15年、『まるまるの毬』で吉川英治文学新人賞、21年、『心淋し川』で直木賞を受賞。著書に「善人長屋」シリーズ、『四色の藍』などがある。

泉ゆたか（いずみ　ゆたか）
1982年、神奈川県生まれ。2016年、『お師匠さま、整いました！』で小説現代長編新人賞を受賞してデビュー。19年、『髪結百花』で日本歴史時代作家協会賞新人賞、細谷正充賞を受賞。著書に『お江戸けもの医 毛玉堂』『おっぱい先生』『雨あがり お江戸縁切り帖』『猫まくら 眠り医者ぐっすり庵』などがある。

廣嶋玲子（ひろしま　れいこ）
神奈川県生まれ。『水妖の森』でジュニア冒険小説大賞を受賞し、2005年にデビュー。著書に「もののけ屋」「ふしぎ駄菓子屋 銭天堂」「秘密に満ちた魔石館」「妖怪の子預かります」シリーズ、『鳥籠の家』『銀獣の集い』などがある。

宮本紀子（みやもと　のりこ）
京都府生まれ。2012年、「雨宿り」で小説宝石新人賞を受賞しデビュー。19年、『跡とり娘 小間もの丸藤看板姉妹』で細谷正充賞を受賞。著書に「小間もの丸藤看板姉妹」シリーズ、『始末屋』『狐の飴売り 栄之助と大道芸人長屋の人々』などがある。

宮部みゆき（みやべ　みゆき）
1960年、東京都生まれ。87年、オール讀物推理小説新人賞を受賞してデビュー。92年、『本所深川ふしぎ草紙』で吉川英治文学新人賞、93年、『火車』で山本周五郎賞、99年、『理由』で直木賞、2002年、『模倣犯』で司馬遼太郎賞、07年、『名もなき毒』で吉川英治文学賞を受賞。著書に『きたきた捕物帖』などがある。

編者紹介
細谷正充（ほそや　まさみつ）
文芸評論家。1963年生まれ。時代小説、ミステリーなどのエンターテインメントを対象に、評論・執筆に携わる。主な著書・編著書に、『歴史・時代小説の快楽 読まなきゃ死ねない全100作ガイド』「時代小説傑作選」シリーズなどがある。

PHP文芸文庫　ふしぎ
〈霊験〉時代小説傑作選

2021年9月21日　第1版第1刷
2022年12月19日　第1版第3刷

著　者　西條奈加　泉ゆたか
廣嶋玲子　宮本紀子
宮部みゆき
編　者　細谷正充
発行者　永田貴之
発行所　株式会社ＰＨＰ研究所
東京本部　〒135-8137 江東区豊洲5-6-52
文化事業部　☎03-3520-9620(編集)
普及部　☎03-3520-9630(販売)
京都本部　〒601-8411 京都市南区西九条北ノ内町11
PHP INTERFACE　https://www.php.co.jp/
組　版　朝日メディアインターナショナル株式会社
印刷所　図書印刷株式会社
製本所　東京美術紙工協業組合

ISBN978-4-569-90151-0

あやかし

〈妖怪〉時代小説傑作選

宮部みゆき、畠中 恵、木内 昇、霜島ケイ、小松エメル、折口真喜子 著／細谷正充 編

いま大人気の女性時代小説家による、アンソロジー第一弾。妖怪、物の怪、幽霊などが登場する、妖しい魅力に満ちた傑作短編集。

PHP文芸文庫

なぞとき

〈捕物〉時代小説傑作選

宮部みゆき、和田はつ子、梶よう子、浮穴みみ、澤田瞳子、中島 要 著／細谷正充 編

平成を代表する女性時代作家の豪華競演！親子の切ない秘密や江戸の料理にまつわる謎を解く、〝捕物〟を題材とした時代小説ミステリ短編集。

PHP文芸文庫

なさけ

〈人情〉時代小説傑作選

宮部みゆき、西條奈加、坂井希久子、志川節子、田牧大和、村木 嵐 著／細谷正充 編

いま読むべき女性時代作家の極上の名短編！　親子の情、夫婦の絆など、市井に生きる人々の悲喜こもごもを描いた時代小説アンソロジー。

PHP文芸文庫

まんぷく

〈料理〉時代小説傑作選

宮部みゆき、畠中 恵、坂井希久子、青木祐子、中島久枝、梶よう子 著／細谷正充 編

話題の女性時代作家がそろい踏み！ 江戸の料理や菓子をテーマに、人情に溢れ、味わい深い名作短編を収録した絶品アンソロジー。

PHP文芸文庫

ねこだまり

〈猫〉時代小説傑作選

宮部みゆき、諸田玲子、田牧大和、折口真喜子、森川楓子、西條奈加 著／細谷正充 編

可愛らしくもときに恐ろしい、江戸の魅力的な猫が勢ぞろい！　いま読んでおきたい女性時代作家が競演する珠玉のアンソロジー。

PHP文芸文庫

もののけ

〈怪異〉時代小説傑作選

宮部みゆき、朝井まかて、小松エメル、三好昌子、森山茂里、加門七海 著／細谷正充 編

人気女性時代作家の小説がめじろ押し！　恐ろしくもときに涙を誘う、江戸の怪異を描いた傑作短編を収録した珠玉のアンソロジー。

PHP文芸文庫

わらべうた

〈童子〉時代小説傑作選

宮部みゆき、西條奈加、澤田瞳子、中島 要、梶よう子、諸田玲子 著／細谷正充 編

今読んでおきたい女性時代作家が勢揃い！ときにいじらしく、ときにたくましい、子供たちの姿を描いた短編を収録したアンソロジー。

PHP文芸文庫

いやし

〈医療〉時代小説傑作選

宮部みゆき、朝井まかて、あさのあつこ、
和田はつ子、知野みさき 著／細谷正充 編

時代を代表する短編が勢揃い！　江戸の町医者、歯医者、産婦人科医……命を救う者たちの戦いと葛藤を描く珠玉の時代小説アンソロジー。

PHP文芸文庫

睦月童（むつきわらし）

西條奈加　著

「人の罪を映す」目を持った少女と、失敗続きの商家の跡取り息子が、江戸で起こる事件を解決していくが……。感動の時代ファンタジー。

PHP文芸文庫

〈完本〉初ものがたり

宮部みゆき 著

岡っ引き・茂七親分が、季節を彩る「初もの」が絡んだ難事件に挑む江戸人情捕物話。文庫未収録の三篇にイラスト多数を添えた完全版。